Über das Buch

»Flax aus Flachland – ein Stück Weltliteratur für junge, nach dem Sinn des Daseins fragende Menschen«: Als der Pädagoge, Hochschullehrer und Schriftsteller Helmut Zöpfl 2022 mit dem Deutschen Schulbuchpreis 2022 ausgezeichnet wurde, fiel dieser Satz in der Laudatio seines Kollegen Josef Kraus.

Zöpfl hatte Anfang der 1980er-Jahre ein Textfragment verfasst, inspiriert vom Roman »Flatland« des britischen Schriftstellers Edwin A. Abott (1838-1926) aus dem Jahr 1884. Zöpfl schuf den Beginn einer Parabel, vollendete sein Werk damals aber nicht.

Das tat fast vierzig Jahre später der Autor, Journalist und Musiker Mathias Petry, der in einem seiner zahlreichen Gespräche mit Zöpfl von diesem vergessenen Schatz erfuhr.

Flachland ist, wie der Name schon vermuten lässt, ganz schön flach. Genau genommen ist Flachland sogar regelrecht platt, zweidimensional, in der Höhe maximal begrenzt.Hier lebt der Schüler Flax, und er entdeckt eines Tages, dass es da noch mehr gibt, dass da noch etwas auf ihn wartet, dass jenseits des Grenzfeldes eine Welt bar jeglicher Vorstellungskraft existiert. Also macht er sich auf in eine neue Dimension – nach Raumland. Einer findet das gar nicht gut: Dux, der Herrscher von Flachland. Bald lässt er sich von seinem Kriegsminister Drux davon überzeugen, dass die gewohnte Weltordnung nur mit Waffengewalt bewahrt werden kann. Und Meister Strux bekommt den Auftrag, eine schreckliche Vernichtungswaffe zu bauen ...

HELMUT ZÖPFL

Flax aus Flachland

Eine Parabel
in einer Bearbeitung
von Mathias Petry
basierend auf dem Roman
»Flatland« von Erwin A. Abott

Edition Kulturbüro8

Bibliografische Information der Deutschen Nationalbibliothek:
Die Deutsche Nationalbibliothek verzeichnet diese Publikation
in der Deutschen Nationalbibliografie; detaillierte bibliografische
Daten sind im Internet über dnb.dnb.de abrufbar.

Impressum

Erschienen in der Edition Kulturbuero8
Lenbachstr. 18 * 86529 Schrobenhausen
www.kulturbuero8.de

Dritte Auflage 2024

Bearbeitung und Lektorat: Thomas Floerecke
Covergestaltung und Satz: Sabine Beck
Korrektorat: Hans Dieter Vogl

Verlag: BoD · Books on Demand GmbH, In de Tarpen 42, 22848 Norderstedt
Druck: Libri Plureos GmbH, Friedensallee 273, 22763 Hamburg
ISBN: 978-3-7693-0464-0

KAPITEL 1

Mal ganz ehrlich: Wem ist es noch nie in seinem Leben langweilig gewesen? Draußen regnet es, und ausgerechnet dann ruft auch noch der Freund oder die Freundin an und sagt:»Du, ich kann heute doch nicht zum Spielen kommen, wir bekommen Besuch.«

Es kann aber auch so sein, dass die Eltern Besuch haben, und man muss dabeisitzen, wenn irgendeine entfernte Verwandte, eine, ja eben langweilige Geschichte erzählt. Es gibt aber auch langweilige Bücher und langweilige Filme, und natürlich kann auch die Schule manchmal langweilig sein.

Viele Lehrer bemühen sich zwar ihren Unterrichtsstoff unterhaltsamer zu gestalten, aber da gibt es auch den schönen Spruch, den ihr sicher kennt:»Wenn alles schläft und einer spricht, so nennt man dieses Unterricht.«

Bei einer solchen langweiligen Unterrichtsstunde beginnt meine Geschichte.

Der Lehrer war gerade dabei, in der Heimatkunde eine ganze Menge von Zahlen auszuschütten:»Unser Land Flachland ist nach den neuesten Berechnungen 125 Kilometer lang und 99 Kilometer breit, das sind dann – äh – wie viel Quadratkilometer?« Er schrieb eine große Zahl an die Tafel.« Der längste Fluss in Flachland ist 77,68 Kilometer lang, unsere Hauptstadt Flachstadt hat eine Fläche von 81,77 Quadratkilometer. Und jetzt: Passt gut auf«, sagte der Lehrer,»Flachstadt hat eine Einwohnerzahl von 2423, davon sind 46 Prozent über 40 Jahre, etwa 50 Prozent Frauen und 50 Prozent Männer.« Und so ging es einige Zeit weiter. Versteht ihr also, warum es den meisten Kindern langweilig war? Ihr wisst ja, was dann geschieht Man schläft entweder ein, liest ein Buch unter der Bank, macht mit seinem Nachbar irgendein Spiel oder redet mit ihm, was die Lehrer manchmal als »Schwätzen« bezeichnen.

Flax, der in der zweiten Bank saß, war es jedenfalls furchtbar langweilig, und er spielte mit seinem Nachbarn »Schiffe versenken«. Als er gerade dabei war, das große Schlachtschiff seines Nachbarn außer Gefecht zu setzen, begann der Lehrer wie immer am Ende der Stunde die Arbeitsblätter auszuteilen.

Flax hatte diese Dinger furchtbar dick. Man musste da immer ein Kreuz bei einer der drei verschiedenen Antworten machen und bekam dann Punkte dafür, wenn man das Kreuz an der richtigen Stelle hatte.

Heute war es besonders schlimm. Der Lehrer hatte die Stunde über die Zahlen von Flachstadt auf dem Arbeitsblatt zusammengefasst. In Flachstadt leben entweder 127 Einwohner unter zwanzig Jahren oder 1027 oder 11027. Der zweitlängste Fluss in Flachland ist 20 Meter, 38,5 Kilometer, 7819 Kilometer.

Überall stand darunter: »Kreuze die richtige Antwort an!«

Flax warf einen flüchtigen Blick auf das Arbeitsblatt, war aber noch so mit dem Schiffeversenken beschäftigt, dass er die Kreuze immer da machte, wo er ein U-Boot oder ein Schlachtschiff seines Nachbarn vermutete. So zeichnete er 2a, 1b, 4c und so weiter an.

Als der Lehrer das Blatt von Flax angeschaut hatte, schüttelte er mit dem Kopf und sagte zu der Klasse: »Schaut einmal her! Nach Meinung eures Klassenkameraden Flax ist der längste Fluss in unserem Land nur 20 Meter lang, die Stadt, in der wir alle leben, ist nur 26 Quadratmeter groß und auf diesen 26 Quadratmeter leben 157812 Einwohner.«

Die Klasse begann zu kichern, und Flax bekam einen roten Kopf.

»Flax«, schimpfte der Lehrer, »es ist eine Schande. Du möchtest in Flachstadt geboren sein und kennst dich in deiner Heimat überhaupt nicht aus. Null Punkte. Du hast überall die falsche Antwort angekreuzt. Eine Schande für ganz Flachstadt bist du! Ich werde wohl deinem Vater einen Brief schreiben müssen. Der wird sich freuen, wenn er einen solchen Ignoranten als Sohn hat.« Flax wusste natürlich nicht, was ein Ignorant ist, aber am Ton des Lehrers merkte er, dass dies bestimmt kein Schmeichelwort war.

»Bin ich nicht«, entgegnete Flax trotzig, »ich weiß zwar nicht genau, wie lange unsere Flüsse sind und wie viel 37-Jährige bei uns wohnen, aber ich weiß viel mehr, was man nicht mit einem Kreuz darstellen kann.« »Du, und etwas wissen?!«, lachte der Lehrer höhnisch, »ja, dann pack einmal aus.

»Ich weiß, ich weiß«, stotterte Flax, »ich weiß.«

Der Lehrer schaute ihn spöttisch an. »Ich weiß, dass du nichts weißt. Du hast keine Ahnung über deine Heimat. Flachstadt und Flachland. Ich sagte es bereits, du bist ein Ignorant.«

Jetzt war es Flax zu viel. »Bin ich nicht, bin ich nicht«, rief er, »was wissen Sie denn schon, wenn Sie mit dem Meterstab Flüsse nachmessen und Einwohner zählen? Was weiß man denn schon von einem Land, wenn man seine Quadratkilometer von mir aus bis zur 20. Stelle hinter dem Komma kennt? Sagen Sie ...«, fragte er ganz unvermittelt, »kennen Sie beispielsweise den Herrn Wiegele?«

»Wiegele?« rief der Lehrer. »Natürlich nicht. Was ist das für ein komischer Name? Du weißt genau, dass bei uns in Flachland Worte wie ,wie', ,wo' und ,warum' verboten sind!«

»Aber der Herr Wiegele heißt trotzdem Wiegele«, rief Flax, »und der kennt Flachland besser als alle anderen. Oder wissen Sie vielleicht, in welchem Haus die schönsten Blumen sind? Wo die alte Frau wohnt, die die lustigsten Geschichten erzählen kann? An welcher Stelle man ganz runde Steine finden kann? Wo es ein lustiges Echo gibt? Wo ...«

»Jetzt reicht es aber!«, rief der Lehrer, »ich habe dir schon gesagt, dass Fragewörter mit W verboten sind! Du führst sie ständig in deinem Munde. Ich muss wirklich mit deinem Vater ernstlich über dich reden. So geht das nicht. Es wird schlimm mit dir enden. Ich geb dir heute einen Brief für deinen Vater mit. Er muss mich unbedingt morgen besuchen.«

Flax ging in einer Mischung aus Verärgerung und Traurigkeit nach Hause, nicht, weil er sich vor seinem Vater gefürchtet hätte, aber er merkte, dass er irgendwie allein war. Seit seine Mutter gestorben war, fühlte er das ganz besonders. Geschwister hatte er keine und der Vater war immer sehr beschäftigt, aber er hatte ja noch den alten Herrn Wiegele.

Zu dem ging er auch nach kurzer Zeit und schüttete ihm sein Herz aus. Herr Wiegele hörte der Geschichte von Flax aufmerksam zu, dann schaute er ihn lange an und meinte:»Flax, ich mag dich sehr. Du bist auch ein gescheiter Bub, schon lange habe ich überlegt, ob ich mit dir darüber reden soll.

»Worüber reden?« fragte Flax.

»Tja, ich weiß nicht recht«, überlegte Herr Wiegele,»ob ich dir damit einen Gefallen tue.« Er stockte wieder etwas.

»Nein, Herr Wiegele!«, rief Flax,»Nun haben Sie mich schon neugierig gemacht, jetzt müssen Sie mir schon alles erzählen.«

»Also gut«, meinte der.»Weißt du, ich glaube, ich bin einem großen Geheimnis auf der Spur.« Wieder schaute er Flax lange an.

»Bitte, reden Sie doch!«, rief der.»Was für ein Geheimnis?«

»Nun, Flax, da gibt es, da ist ... Gut, ich will es dir erzählen. Du kennst doch weit draußen das große Gelände von Grenzfeld.«

»Natürlich!«, rief Flax aufgeregt,»Grenzfeld, das ist doch das Gelände, wo das Ende ist. Es ist uns streng verboten worden, in dieses Gelände zu gehen, denn das wäre sehr gefährlich.«

»Ich weiß«, meinte Wiegele,»es wird auch streng bewacht. Keiner darf es betreten.«

»Ja, ja!«, rief Flax,»weil man da umkäme. Das Ende von Flachland bedeutet auch unser Ende.«

»Stimmt«, nickte Herr Wiegele,»das ist es, was man uns auch gesagt hat.«

»Stimmt es etwa nicht?« fragte Flax.

»Hmmm«, meinte Wiegele,»ich glaube nicht.«

»Ja, aber was ist dann dort, wenn es nicht das Ende ist? Gibt es etwas hinter dem Ende?«

»Das ist es ja eben«, meinte Wiegele,»weißt du, ich habe erkannt, dass manche nicht wollen, dass man diese Fragen stellt. Fragen sind in Flachland ohnehin sehr unerwünscht.«

Flax nickte und dachte wieder an seine Erlebnisse in der Schule. Oft hatte ihm der Lehrer bedeutet, dass es ihm nicht passe, wenn er Fragen stelle. Und jetzt fiel ihm plötzlich wieder ein, dass die meisten Fragewörter mit W beginnen und diese Worte in Flachland ja verboten sind. Er teilte Herrn Wiegele diesen Gedanken mit.

Wiegele schaute ihn wieder lange prüfend an, nickte dann und sagte: »Flax, du bist wirklich ein gescheiter Bub. Ich glaube, du hast etwas sehr Wesentliches erkannt. Irgendwie hängt auch meine Geschichte, die ich dir erzählen wollte damit zusammen. Pass auf! Eines Tages bin ich ganz gedankenverloren beim Spazierengehen ins Grenzfeld hineingeraten. Ich weiß selbst nicht, wie es geschehen konnte, jedenfalls war keiner der Wächter da, und so bin ich immer weiter und weiter gegangen. Auf einmal ist etwas ganz Seltsames geschehen.«

»Ich habe eine Stimme gehört und nichts gesehen«, sagte Herr Wiegele. »Das heißt, es war da nur eine ganz merkwürdige Fläche, aber die Stimme kam von anderswo her. Die Stimme klang ziemlich fremd, aber ich verstand doch etwas.«

»Was bist du denn für ein seltsames Wesen? Ich hab' gesehen, wie du dich bewegst«, sagte das Wesen.

»Mir war ganz unheimlich, aber ich presste doch ein ‚Wer bist du denn?' heraus.«

»Wer ich bin?«, lachte das merkwürdige Wesen. ‚Ja, siehst du denn das nicht? Ich heiße Katharina und bin ein Mensch.'«

»Ein Mensch?« fragte Flax. »Was ist denn das?«

Das merkwürdige Wesen machte eine kleine Pause. Dann meinte es: »Ein Mensch ist, ja ein Mensch ist – du wirst doch nicht sagen, dass du nicht weißt, was ein Mensch ist. Also, ich bin jedenfalls ein Mensch und zwar ein Mädchen und heiße Katharina.«

»Und ich heiße Wiegele«, sagte ich, erzählte Herr Wiegele weiter. »Aber ich seh dich nicht.«

»Wieso siehst du mich nicht?« fragte Katharina. »Schau halt nach oben.«

»Oben?«, fragte ich erstaunt. »Was ist denn das? Ich kann nach links, nach rechts, vorwärts und rückwärts schauen, aber was ist oben?«

»Oben«, sagte Katharina, »das ist über dir, und unten ist unter dir.«

»Unter mir?« fragte ich zurück. »So was Komisches habe ich noch nie gehört.«

»Schau her«, sagte Katharina jetzt, »ich setz mich jetzt zu dir und grabe mit meiner Hand ein kleines Loch. Das kleine Loch aber geht nach unten. Siehst du's?«

Ich aber sah nur eine kleine Fläche, die sich hin und herschob. »Ich sehe nichts. Ich sehe auch kein unten und kein oben, also gibt es das nicht.«

Katharina lachte. »Du bist wirklich ein komisches Ding.«

In diesem Augenblick hörte ich eine Stimme, die nach Katharina rief: »Katharina heimkommen! Wo bist du denn so lange?«

»Oh, je!«, rief Katharina, »meine Mutter ruft mich. Ich glaube, ich bin viel zu weit von zu Hause weggegangen. Komm mich doch mal besuchen. Ich wohne gleich da hinten. Siehst du das Haus? Da wohne ich im zweiten Stock.

»Zweiter Stock?« fragte ich, aber da war Katharina beziehungsweise diese merkwürdige Fläche schon verschwunden. Es war aber auch höchste Zeit, denn inzwischen hörte ich ein Geschrei der Wächter.

»Ich glaub, da ist jemand ins Grenzfeld gegangen!«, rief einer der Wächter. »Oh, je, oh je, oh je! Wenn das unser Dux erfährt«, rief ein anderer. »Dann geht's uns an den Kragen! Oh je, oh je!«, rief ein weiterer.

»Du kannst dir vorstellen«, sagte Wiegele zu Flax gewandt, »wie mir der Schreck in alle Glieder fuhr. Frag mich nicht, auf welchen Wegen ich den Wächtern entflohen bin. Jedenfalls bin ich wieder gut in meinem Haus gelandet.«

Flax hatte der Erzählung von Herrn Wiegele mit offenem Munde zugehört. »Ja, und?«, fragte er am Schluss Herrn Wiegele. »Und, Herr Wiegele, wie erklären Sie sich das alles? Das ist ja geradezu unheimlich!«

»Ganz ehrlich«, meinte Wiegele, »ich weiß es nicht. Aber du hast ja auch in der Schule gelernt, dass sich alles natürlich erklären lässt.«

Flax überlegte, ob er seinen Lehrer danach fragen sollte, verwarf aber den Gedanken gleich wieder, als Wiegele sagte: »Tu mir bitte den Gefallen und sprich mit keinem Menschen ein Sterbenswörtchen darüber. Du bist der erste, der es von mir erfährt. Es könnte sehr gefährlich für mich werden. Du weißt, dass man in unserem Lande nicht an die Grenze gehen darf. Weder gehen noch denken …«, fügte er nachdenklich hinzu.

KAPITEL 2

Von diesem Tag an musste Flax immer wieder an die Geschichte des Herrn Wiegele denken, und, obwohl er schon bei dem Gedanken ein Kribbeln im Bauch verspürte, fasste er doch den Plan, auch einmal den gefährlichen Weg ins Grenzfeld zu wagen. Flax wurde durch einiges, was in der Schule geschah, bestärkt.

Sie hatten in der Schule Flächenberechnungen durchgenommen, und der Lehrer hatte ihnen gesagt, man könne eine Fläche genau bestimmen, wenn man ihre Länge und ihre Breite kennt. Flax hatte widersprochen und gesagt, dass das nur ein Teilaspekt der Fläche wäre, denn man müsse auch wissen, was sich auf ihr tut, ob es beispielsweise ein Feld sei, auf dem man spielen könne oder eine Wiese, auf der sich Tiere tummeln. Das sei nicht berechenbar, hatte der Lehrer gesagt und interessiert deshalb auch nicht. Flax aber hatte immer weiter gefragt und den Lehrer richtig in Verlegenheit gebracht.«

»Ist«, hatte er gefragt, als sie die größten Flächen in Flachland ausgerechnet hatten, »ist Flachland auch eine Fläche?«

»Freilich«, antwortete der Lehrer.

»Dann kann man es ja auch berechnen«, meinte Flax.

»Selbstverständlich«, sagte der Lehrer, »pass auf: Flachland ist 137 Kilometer breit und 268 Kilometer lang.« Der Lehrer schrieb diese Angaben an die Tafel und holte Flax nach vorn. Der tat, wie ihm geheißen. Und schließlich stand tatsächlich das richtige Ergebnis auf der Tafel.

»Bist du nun zufrieden?« fragte der Lehrer.

»Nicht ganz«, antwortete Flax. »Mich würde interessieren, wenn ich – sagen wir einmal – noch fünf Kilometer ginge, was dann wäre.«

Der Lehrer schaute nervös. »Noch fünf Kilometer gehen? Das geht nicht. Du hast doch gerade gehört, dass Flachland 137 Kilometer breit und 268 Kilometer lang ist. Also kannst du nicht weitergehen. Flachland ist eben nur 137 Kilometer breit und 268 Kilometer lang. Man kann nicht über die Grenze gehen!«

»Wieso nicht?« fragte Flax.

»Du hast schon wieder W-Fragen gestellt!«, schimpfte der Lehrer. »Du weißt doch ganz genau, dass die Grenze das Grenzfeld ist, und das ist nun einmal das Ende. Sonst würde es ja nicht Grenzfeld heißen. Im übrigen möchte ich dich darauf aufmerksam machen, dass wir mit diesen dummen Fragen nur unsere ganze Rechenstunde vertun. Es gäbe Wichtigeres zu erledigen, als solche dummen Fragen zu stellen.«

Flax wollte schon etwas erwidern, aber er dachte an Herrn Wiegeles Rat, sich ja nicht auf das Thema Grenzfeld einzulassen. Der Lehrer betrachtete ihn aber von diesem Tag an noch skeptischer und ließ keine Gelegenheit aus, ihn und seine Klassenkameraden zu warnen, wie gefährlich es wäre, Grenzen überschreiten zu wollen.

In Flachland gab es einen großen Festtag, an dem der Geburtstag des Dux, des obersten Herrschers über Flachland, gefeiert wurde. Es war Pflicht, dass alle Flachländer in dem großen Stadion zusammenkamen und sich die Ansprache des Duxes anhörten, der ihnen jedes Jahr sagte, wie gut es ihnen ginge und wie glücklich sie sein könnten, einen solch gütigen Herrscher wie ihn zu haben. Dann ließ er seine ganzen Wachen aufmarschieren, die vorführten, wie geschickt, wie schnell und treffsicher und gewandt sie wären. Anschließend wurde getanzt, gefeiert und gesungen bis in die späte Nacht hinein.

Flax hatte sich während der großen Feier davongestohlen und war in Richtung Grenzfeld losgewandert. Von weitem bemerkte er, dass heute nicht so viele Wächter da waren wie sonst. Er sah eigentlich nur zwei, die sich intensiv miteinander unterhielten. Als er näherkam, hörte er sie schimpfen, dass sie in diesem Jahr ausgelost worden wären, Wache zu schieben, während die anderen sich im Stadion vergnügen durften. So war es gar nicht so schwer, unbemerkt an den beiden schimpfenden Gestalten vorbeizukommen. Flax spürte aber, wie ihm sein Herz klopfte, als er sich immer weiter ins Grenzfeld hineinwagte.

Eine ganze Weile war er schon gegangen, da hörte er Stimmen: »Schau einmal hier, was sich da bewegt. Was ist denn das Lustiges?«

Eine zweite Stimme fragte: »Wo denn?«

»Ja, da!«, erwiderte die Erste.

»Das sieht ja aus wie ein bunter Fleck, der sich da nach vorne bewegt«, hörte er die erste Stimme sagen.

»Pass auf, ich versuch, ob ich den Fleck festhalten kann!«

Plötzlich merkte Flax, dass er nicht mehr nach vorwärts und nach rückwärts konnte. Irgendetwas schien ihn festzuhalten, das er aber nicht sah. In seiner Verzweiflung schrie er: »Halt! Lasst mich los!«

»Hast du das gehört?« rief jetzt wieder eine Stimme.

»Der Fleck kann ja reden!«

»Ich bin kein Fleck, ich heiße Flax!«

»Hallo!«, rief jemand. »Schaut einmal her, was wir da Lustiges gefunden haben. So etwas habt ihr noch nie gesehen.«

Inzwischen hörte Flax mehrere Stimmen. »Ui, lass sehen!«, sagte jemand.

Plötzlich spürte er, wie man ihn wieder losließ. Er versuchte nach vorwärts zu rennen, aber schon merkte er, dass er wieder festgehalten wurde. »Bitte, bitte«, rief er, »lasst mich los. Ich hab euch doch nichts getan. Wer seid ihr denn?«

»Hört ihr das?«, rief wieder eine Stimme. »Hört ihr das? Der Fleck redet tatsächlich.«

»Ich hab euch schon einmal gesagt«, rief Flax, »ich bin kein Fleck, ich heiße Flax, sagt mir, wer seid ihr denn?«

»Du bist gut«, rief eine Stimme. »Schau halt, dann siehst du uns! Schau halt nach oben!«

»Nach oben?«, fragte Flax »was ist denn das? Das Wort hab ich noch nie gehört.«

»Oben ist oben, genauso wie unten unten ist«, sagte eine der Stimmen.

Flax erinnerte sich an die Geschichte, die ihm Herr Wiegele erzählt hatte. Wie war doch gleich der Name von dem Wesen gewesen, von dem ihm Wiegele erzählt hatte? Katharina. Richtig, das war's.

»Ist Katharina da?« rief Flax.

Wieder hörte er eine der Stimmen: »Katharina, da will dich jemand sprechen.«

Jetzt hörte er von Ferne eine Stimme: »Ja, was ist denn?«

»Da, schau her, Katharina. Sieh dir mal den Fleck an, der bewegt sich und kann sprechen.

»Ja, ja«, sagte Katharina, »ich weiß schon, das ist ein Wiegele.

»Nicht Wiegele!«, rief Flax, »Ich heiße Flax, Herr Wiegele ist ein anderer.«

»Dann gibt es wohl mehr so komische Dinge wie dich?« fragte Katharina.

»Ich bin kein komisches Ding!«, entrüstete sich Flax.

»Du bist komisch, weil ich dich nur höre und nicht sehe.«

»Ich kann dich sowohl sehen als auch hören«, meinte Katharina, »aber du siehst so komisch aus, wie ein Fleck beziehungsweise ein Blatt. Wie eine Fläche.«

»Eine Fläche?« fragte Flax. »Ich weiß, was eine Fläche ist. Sie hat eine Länge und eine Breite. Das haben wir in der Schule gelernt.«

Katharina lachte: »Sag bloß du gehst in eine Schule?«

»Natürlich«, antwortete Flax, »was meinst du, wo ich sonst etwas lerne.«

»Ja, wenn du in die Schule gehst«, meinte Katharina, »dann müsstest du aber auch gelernt haben, dass es nicht nur eine Breite und eine Länge, sondern auch eine Höhe und eine Tiefe gibt.«

»Höhe und Tiefe?«, fragte Flax erstaunt zurück. »Davon haben wir nie etwas gehört.«

»Ihr habt nie etwas über Höhe und Tiefe gelernt. Ja sag einmal«, sagte sie, »aus welchem Lande kommst du denn eigentlich?«

»Ich komme aus Flachland«, antwortete Flax, »das ist ganz in der Nähe.«

»Flachland?«, wiederholte Katharina, »ich hab nie etwas davon gehört. Es sei denn, es ist das langweilige Feld da hinten.«

»Von wegen langweiliges Feld«, entrüstete sich Flax. »Das ist ein Land mit vielen Leuten so wie ich.«

»Wie du?«, lachte Katharina. »Seit wann zählst du dich zu den Leuten? Leute sind Menschen wie ich und meine Freundinnen und Freunde. Schau her, da sind sie!«

»Verflixt nochmal«, meinte Flax, »ich hab dir schon gesagt, dass ich von euch nichts sehe. Ich höre nur eure Stimmen, wahrscheinlich gibt es euch gar nicht und ich bilde mir alles nur ein.«

»Unsinn!«, rief Katharina, »ich bilde mir ja auch nicht ein, dass ich einen solchen kleinen sprechenden Fleck sehe. Du und ich – wir sind schon vorhanden! Ach«, rief sie, »da kommt gerade Herr Ruhne, der ist sehr lieb und gescheit. Hallo, Herr Ruhne!«, sagte sie, »Schauen Sie, was ich hier gefunden habe.

»Ach, Katharina«, erwiderte der, »nett, dich wieder einmal zu sehen. Was hast du denn gefunden?«

»Da, schauen Sie her. Schauen Sie, sehen Sie den kleinen bunten Fleck. Der kann sich bewegen und sogar reden, wenn Sie genau hinhören.«

Herr Ruhne bückte sich und betrachtete Flax genauer.

»Red einmal«, befahl Katharina jetzt Flax, »zeig, dass du reden kannst.«

»Ich rede, wann ich will«, entrüstete sich Flax. »Auf Befehl sag ich gar nichts.«

»Haha«, lachte Katharina, »jetzt hast du doch geredet. Haben Sie es gehört, Herr Ruhne?«

»Tatsächlich«, murmelte der, »das ist ja, das ist ja …«« Aber er sagte nicht, was.

»Jetzt sagen Sie mir doch bitte einmal«, rief jetzt Flax, »wenn Sie schon so gescheit sind, was ist denn so was Besonderes an mir? Ich habe in Flachland nie festgestellt, dass ich so viel anders aussehe als die anderen. Natürlich haben die einen eine hellere, die anderen eine dunklere Farbe. Die einen haben blaue, die anderen braune Augen, die einen dunkle, die anderen blonde Haare.«

Herr Ruhne beugte sich ganz tief herunter und murmelte immer nur: »Ja so was, dass es so was gibt!« Dann überlegte er lange. »Weißt du was, Katharina. Das ist ein ganz großes Geheimnis. Ich glaube, dieser Flax hat nur zwei Dimensionen!«

Dieses Mal riefen Katharina und Flax wie aus einem Munde: »Zwei Dimensionen? Was ist denn das?«

»Ja«, erklärte Herr Ruhne, »wir Menschen sind alle groß und breit. Die einen sind größer, die anderen kleiner, sie einen dicker, die anderen dünner. Dieses Häuschen da vor uns ist etwa – na, sagen wir – fünf Meter lang und drei Meter breit, aber es hat auch eine Höhe und Flax scheint keine Höhe zu haben. Er ist nur flach. Ihm fehlt die Höhe.«

Flax schwieg betreten. Nach einiger Zeit sagte er: »Mir fehlt die Höhe?«

»Ja«, sagte Herr Ruhne, »du bist ein zweidimensionales Wesen. Und wir leben in einer dreidimensionalen Welt.«

»Nein!«, rief Flax, »wir haben in der Schule nur gelernt, dass es eine Länge und eine Breite gibt. Aber Höhe, Höhe, was ist denn das?«

»Merkst du wirklich nicht«, fragte Katharina, »dass es noch etwas anderes als eine Länge und Breite gibt? Siehst du nicht den schönen grünen Baum, der da blüht oder zumindest die kleine Blume oder das Gras? Dann erblickst du natürlich auch nicht den Vogel, der da oben fliegt.«

»Vogel?« fragte Flax, »was soll denn das wieder sein?«

»Na klar«, meinte Herr Ruhne, »wenn du schon nicht siehst, was auf Erden wächst und in die Höhe ragt, wie sollst du dann noch zur Kenntnis nehmen, dass etwas fliegen kann?«

Flax war tief betroffen. »Oh je«, jammerte er, »ich begreife das nicht. Ich hab immer gemeint, ich bin normal. In der Schule haben sie mir immer sogar gesagt, dass ich besonders gut sehe. Ja, ich bin sogar gerügt worden, dass ich zu viel sehe, was ich gar nicht sehen soll. Und jetzt merke ich, dass ich vieles, was es gibt, überhaupt nicht sehe. Beispielsweise diese – äh – Höhe.«

Herr Ruhne schüttelte noch immer den Kopf. »Ich habe schon viel im Leben erlebt«, murmelte er immer wieder, »aber, dass es so etwas gibt. Wesen, die nur aus einer Fläche bestehen.« Inzwischen war es schon ein wenig dunkel geworden.

»Um Himmelswillen!«, rief Flax, »ich muss zurück!« Und dann erzählte er Katharina und Herrn Ruhne noch schnell ein

17

bisschen was von seinem Land und, wie er über das Grenzfeld zu ihnen gelangt sei.

»Besuch uns doch wieder!«, meinte Herr Ruhne.

»Schön wär's«, sagte Flax.«»Aber wie sollte das denn möglich sein? »Das ist sehr schwierig. Ich weiß ja noch nicht einmal, ob ich wieder an den Wachen vorbeikomme. Was meinen Sie, was mit mir geschieht, wenn man mich erwischt. Der Dux sperrt mich ein.«

»Dux?« fragte Herr Ruhne.

»Ja, das ist der Herrscher von Flachland«, klärte ihn Flax auf.

Herr Ruhne überlegte.»Dann wäre es wohl besser, ich würde dich besuchen. Das Beste ist sogar, ich bringe dich nach Hause.«

Flax schaute fragend.

»Mich können diese Artgenossen ja nicht erwischen«, meinte Herr Ruhne,»denn ich bin ja dreidimensional. Ich will einmal versuchen, ob ich dich ...« Herr Ruhne bückte sich ganz tief und griff ganz vorsichtig nach Flax.»Tut es dir weh?« fragte er.

»Nein. Aber es ist ein komisches Gefühl.«

»Ja, ich hebe dich jetzt in die Höhe«, sagte Herr Ruhne,»Pass auf.«

Ein ganz merkwürdiges Gefühl durchströmte Flax, als er von Herrn Ruhne hochgehoben wurde.

»So, jetzt sagst du mir, in welche Richtung ich gehen muss.«

Flax beschrieb Herrn Ruhne den Weg, so gut er konnte, durchs Grenzfeld.

»Passen Sie aber auf, dass Sie nichts zugrunde richten.»Nein, ich seh ja alles, vielleicht sogar besser als du, weil ich es auch von oben sehe.

»Schon wieder von oben«, dachte sich Flax. Aber er schwieg diesmal. Nach einiger Zeit rief er:»Jetzt müsste die Stelle kommen, wo die Wächter stehen. Sehen Sie sie?«

»Richtig«, rief Herr Ruhne,»da sind ja eine ganze Reihe solch lustiger Flecken. Ach so, ich wollte ja nicht Flecken sagen, aber ich weiß nicht, wie ich euch nennen soll. Ich werde einfach Flächer sagen.«

»Wollen wir uns einen Spaß machen?« fragte Flax schelmisch.

»Reden Sie doch ganz laut oder singen Sie ein Lied.«

»Wenn du willst«, lachte Herr Ruhne und sang irgendein Wanderlied.

»Was machen die denn jetzt?« fragte Flax.

»Die laufen ganz aufgeregt durcheinander.«

»Ach ja, richtig«, sagte Flax, »ich hör, wie sie schreien. Das ist ein merkwürdiges Gefühl. Ich weiß gar nicht, woher die Stimmen kommen.«

»Diesmal von unten«, sagte Herr Ruhne. »Aber unten, das kennst du ja auch nicht.«

Flax beschrieb nun Herrn Ruhne genau den Weg in sein Haus, und der brachte ihn ganz vorsichtig wieder auf die Erde zurück.

»Bitte, Herr Ruhne«, bat Flax, »Sie müssen mir versprechen, dass Sie mich bald wieder besuchen. Ich möchte noch so viel von dieser Welt hören, aus der Sie kommen, zum Beispiel von oben und unten. Sie müssen mir etwas erzählen.«

»Wenn du willst«, sagte Herr Ruhne, »machen wir doch einen Zeitpunkt aus, damit wir uns am Wochenende wieder treffen.«

»Nichts lieber als das!«, rief Flax, und er machte mit Herrn Ruhne einen Platz aus, den sie vorher durchquert hatten und der ein wenig außerhalb des Ortes lag.

»Auf Wiedersehen!«, rief Herr Ruhne.

»Auf Wiedersehen!«, antwortete Flax. »Vielen Dank! Und sagen Sie Katharina meine besten Grüße!«

KAPITEL 3

Flax ging an diesem Tag todmüde in sein Bett. Er konnte lange Zeit nicht einschlafen und hatte ganz merkwürdige Träume.

Im Traum war es ihm so, als hätte er irgendwelche Flügel oder, was auch immer das sei. Er fühlte sich irgendwie ganz leicht. Als er aufwachte, dachte er: »Vielleicht ist das die andere Dimension, dass man einfach in Gedanken höher gehen kann oder vielleicht auch tiefer.«

Um Himmelswillen, beinahe hätte er verschlafen. Er rannte, so schnell er konnte in die Schule, kam aber doch ein paar Minuten zu spät.

»Typisch Flax!«, rief der Lehrer. »Du hast wohl gestern zu lang gefeiert.«

»Schon möglich«, meinte Flax frech. Aber weil er heute doch ziemlich gut drauf war, schockierte er den Lehrer mit der Frage: »Sagen Sie bitte einmal, wann nehmen wir eigentlich im Biologie-Unterricht die Vögel durch?«

Der Lehrer starrte ihn an. »Die ... was? Die Vögel? Was soll denn das wieder sein? Was hast du dir denn da Verrücktes ausgedacht?«

»Vögel«, sagte Flax, »das sind diese bunten Dinge, die fliegen.«

Die Klasse begann zu lachen. »Sag einmal, Flax«, rief der Lehrer, »ich bin ja einiges von dir gewohnt, aber heute scheinst du wirklich nicht ganz dicht zu sein. Vögel, die fliegen. Ich werde jetzt doch einmal mit deinem Vater reden müssen.«

»Es gibt aber Vögel«, behauptete Flax.

»Es gibt nur das, was sich berechnen lässt. Kannst du mir die Länge und Breite von einem Vogel sagen, dann glaube ich dir auch, dass es einen Vogel gibt.«

Flax zog es vor, nicht mehr zu antworten. Er wusste ohnehin, dass er bei seinem Lehrer keine Chance hatte. Umso mehr freute er sich auf den Besuch von Herrn Ruhne.

Der kam pünktlich zur vereinbarten Zeit.

Sie hatten eine Erkennungsmelodie ausgemacht, das Lied, das Herr Ruhne im Grenzfeld gesungen hatte.

»Hallo, Flax, bist du da?«, fragte Herr Ruhne.

»Ja, da bin ich!«, rief Flax aufgeregt.

»Ah ja«, sagte Herr Ruhne, »ich muss mich erst an dich gewöhnen. Bald werde ich ein besseres Auge für dich haben.«

»Wenn ich dich nur auch sehen könnte«, meinte Flax. »Oh, entschuldigen Sie bitte. Ich hab Sie mit du angeredet.«

»Siehst du«, meinte Herr Ruhne, »du hast mich doch schon ein wenig anders gesehen. Weißt du Flax, man sieht nicht nur mit den Augen. Aber darüber werde ich dir noch viel erzählen.«

»Ja«, sagte Flax, »ich hoffe, dass Sie mir noch viel erzählen aus Ihrer Welt, die ich nicht sehe. Immer wieder versuche ich mir vorzustellen, was das ist, hoch und tief. Und in der Nacht, wenn ich träume, glaube ich etwas zu sehen.« Dann erzählte Flax Herrn Ruhne von seinen Sorgen in der Schule und dass der Lehrer gesagt hatte, es gibt nichts, was wir nicht berechnen können. Alles wäre berechenbar.

»Natürlich«, meinte Herr Ruhne, »können wir in unserer dreidimensionalen Welt auch rechnen. Wir rechnen aber nicht nur wie ihr Länge mal Breite, sondern auch noch Länge mal Breite mal Höhe. Aber deswegen ist das, was wir berechnen können, noch lange nicht alles. Ich kann beispielsweise ein Haus mit Metern und Zentimetern berechnen, aber ich weiß noch lange nicht, wenn ich die Zahlen kenne, was in diesem Haus eigentlich los ist. Es gibt nämlich viele Häuser, die ganz gleich groß sind. Und doch ist jedes Haus vom anderen ganz und gar verschieden.«

»Richtig«, meinte Flax, »das habe ich mir auch schon überlegt. Es kommt doch drauf an, wie man das Haus einrichtet, ob Tiere in dem Haus leben, ob es mit hellen oder dunklen Farben angemalt ist und vor allem, ob in dem Haus gelacht wird. Aber man könnte ja auch noch andere Zahlen von einem Haus nennen. Beispielsweise, wie teuer es ist oder wie viel Miete man zahlen muss. Das kann ja durchaus wichtig sein. Aber ist es nicht vielleicht viel wichtiger, dass man in dem Haus Zeit füreinander hat, miteinander spielen kann oder dass man in ihm schöne Träume hat.«

»Ihr kennt doch in eurem Lande auch das Wort groß und klein?« fragte Herr Ruhne.

»Natürlich«, antwortete Flax, »wenn etwas einen Millimeter lang und einen Millimeter breit ist, ist es klein. Dagegen ist etwas, das zehn Meter lang und fünf Meter breit ist, schon größer!«

»Richtig«, sagte Herr Ruhne. »Nun, lieber Flax, kannst du mir aber sicher nicht sagen, wie groß in Zentimeter, Meter oder gar Kilometer gemessen eine Freundschaft, wie groß oder wie klein eine Freude ist. Die Freude über etwas, das vielleicht, in Zentimeter ausgedrückt, ganz klein ist, kann oft viel größer sein als eine Freude über noch so große Dinge.«

»Das stimmt!«, rief Flax. »Ich habe mich einmal so gefreut, als mir mein Freund ein ganz kleines Band schenkte, das er selber gebastelt hatte. Das war mir lieber als viele Meter aus kostbarer Seide.«

»Ah«, sagte Herr Ruhne, »ihr kennt auch Seide. Flax, du hast etwas ganz Wichtiges gesagt. Du hast das Wort ‚kostbar‘ ausgesprochen. Auf den ersten Blick sagt das Wort kostbar ja auch nur, dass etwas viel kostet. Aber vieles, was wertvoll ist, muss gar nichts kosten.«

»Bei uns gibt es aber viele Leute«, meinte Flax, »die das Wertvolle nur dadurch messen, dass es eine Menge Geld kostet.«

»Ja, ja«, sagte Herr Ruhne, »das ist bei euch dann genauso wie bei uns. Aber diese Leute sind eigentlich auch nicht sehr viel wert«, meinte er weiter. »Ich will dir auch etwas ganz Wichtiges sagen: Bei uns glauben die meisten, man könne auch die Wörter ‚richtig‘ und ‚wahr‘ mit Zahlen darstellen. Etwas muss jedoch noch lange nicht richtig oder wahr sein, wenn so und so viele Leute es tun. Wenn 1000 Menschen etwas machen, ist es deswegen noch lange nicht automatisch richtig und auch nicht automatisch gut. Oft ist das, was ein Einziger tut, viel wertvoller und richtiger, als was all die anderen machen. Man sagt im übrigen auch: Etwas wiegt schwer. Sagt ihr das auch?«

»Ja, ja«, meinte Flax. »Was Sie mir gerade gesagt haben, wiegt schwer in meinem Kopf, obwohl es eigentlich nur Worte sind, Buchstaben, die ich nicht in Kilogramm und Gramm aufwiegen kann.«

»Gut, dass du das Wort Buchstaben sagst«, sagte Herr Ruhne. »Habt ihr auch 26 Buchstaben in eurem Alphabet?«

»Ich glaube«, meinte Flax stockend, »ah, ich will einmal nachzählen: A – B – C – D … ja, richtig, wir haben auch 26 Buchstaben.«

»Siehst du, mit diesen 26 Buchstaben«, fuhr Herr Ruhne fort, »kannst du eigentlich die ganze Welt erfassen. Alles, was es auf der Welt gibt, kann man in Buchstaben, in Worten ausdrücken. Doch man kann nicht sagen, dass das automatisch gescheiter oder wertvoller ist, wofür man die meisten Buchstaben braucht. Wenn du tausendmal und abertausendmal immer wieder nur das Alphabet von A bis Z abschreibst, dann ist es noch immer kein gescheites Buch geworden. Aber es gibt ein paar Sätze mit ganz wenigen Worten und nur ein paar Buchstaben, die können mehr ausdrücken als ein ganz dickes Buch. Es kommt also darauf an, was wir aus den Buchstaben machen. Wenn wir nur beliebig Buchstaben aneinanderreihen und niederschreiben, sagen wir mal das Wort ‚wzrbrtlm‘, dann ist das eigentlich noch gar nichts. Es sei denn, du machst dir aus diesem Wort irgendeinen Spaß. Wenn ich aber das Wort ‚Freund‘ schreibe, das nur aus sechs Buchstaben besteht, habe ich damit etwas ganz Wichtiges gesagt.

»Ja«, sagte Flax, »mein Name besteht ja sogar nur aus vier Buchstaben.«

»Siehst du«, sagte Herr Ruhne, »und doch bist du einmalig. Du bist etwas ganz Besonderes. Dich gibt es nur einmal auf dieser Welt. Den Buchstaben F, den Buchstaben L, den Buchstaben A und den Buchstaben X gibt es aber immer wieder. Ich könnte bis zum Ende meines Lebens Millionen von F, von L, von A und von X schreiben und würde doch nicht so etwas wie dich zustande bringen.«

»Genauso ist es mit dem Wort Ruhne«, sagte Flax, »auch Sie gibt es nur einmal auf dieser Welt. Ich bin froh, dass es Sie gibt.«

»Vielen Dank, Flax«, sagte Herr Ruhne gerührt. »Es kommt im übrigen darauf an, wie man die Buchstaben anordnet. Du kannst aus drei Buchstaben zwei ganz verschiedene Worte machen. Denk an das Wort ‚rot‘.«

»Rot ist eine Farbe«, sagte Flax, »wie gelb und blau.«

»Aha«, meinte Herr Ruhne, »ihr kennt also Farben auch.«

»Ja, natürlich gibt es im Flachland auch Farben. Das wäre sonst wohl sehr eintönig.«

»Stimmt«, meinte Herr Ruhne, »ich sehe auch, dass du ganz bunt bist.«

»Ich habe ja auch bunte Sachen an!«, rief Flax, »Da ein rotes Hemd und eine blaue Hose.«

»Bleiben wir einmal bei dem Wort rot«, sagte Herr Ruhne, »wenn du es umdrehst, kommt das Wort Tor heraus. Weißt du, was ein Tor ist?«

»Natürlich, da kann man durchgehen«, sagte Flax. »Es ist in der Regel größer als eine Türe.«

»Stimmt, ein Tor ist häufig breit und hoch. Ach so, entschuldige, das Wort hoch kannst du dir ja nicht vorstellen. Aber vielleicht können wir uns einmal gemeinsam überlegen, was wir, du und ich unter einem Tor verstehen. Vielleicht stellen wir dann auch fest, dass wir in unseren Vorstellungen sogar vieles gemeinsam haben. Machen wir also einmal das Wortspiel: Was ist ein Tor?«

»Durch ein Tor geht man«, meinte Flax. »Man kann es aufmachen und zuschließen. Bei uns in Flachland sind viele Tore zugeschlossen. Der Dux will nicht, dass man alles sieht.«

»Hinter vielen Toren verbergen sich Geheimnisse«, sagte Herr Ruhne. »Wir brauchen aber auch oft einen Schlüssel, dass wir durch ein verschlossenes Tor kommen. Es gibt viele Schlüssel, aber nicht alle Schlüssel sperren auch. Jedes Tor hat seinen eigenen Schlüssel. Überleg dir mal, dass es bei uns auch so ist. Man findet zu manchen Menschen einfach keinen Schlüssel, und er bleibt dann irgendwie verschlossen.«

»Stimmt«, eiferte sich Flax, »ich glaube mein Lehrer hat keinen Schlüssel zu mir gefunden. Er kennt mich gar nicht. Er will mich aber auch nicht aufsperren.«

»Ja«, lachte Herr Ruhne, »es gibt im Leben immer wieder Schlüsselworte. Aber da werden wir vielleicht noch einmal darauf zu sprechen kommen. Ich wollte dir aber vorher schon sagen, dass man nicht alle Tore unbedingt aufsperren muss.

Manche können wir auch mit dem besten Schlüssel nicht aufsperren.«

»Auch kein noch so guter Schlosser?« fragte Flax.

»Ich kenne keinen, der alle Tore öffnen kann«, murmelte Herr Ruhne geheimnisvoll. »Da gibt es nämlich Tore, vor denen man einfach stehenbleiben muss, weil man nicht weiterkommt. Manchmal muss man auch einen Umweg gehen oder über etwas hinüberklettern. Entschuldigung, ‚klettern' kannst du dir ja wieder nicht vorstellen, weil es mit hoch und tief zu tun hat. Es ist aber auch oft schön, vor einem Tor zu stehen und zu warten, bis jemand herauskommt, den man gern hat, auf den man schon lange gewartet hat. Oder plötzlich öffnet sich ein Tor, und es kommt etwas ganz, ganz Neues heraus.«

Flax dachte an die erste Begegnung mit Herrn Ruhne. »Sie sind auch irgendwie durch ein Tor gekommen, als ich Sie das erste Mal gesehen habe.«

»Tore und Türen sind etwas Gutes«, meinte Herr Ruhne, »man kann sie zusperren, wenn man nicht will, dass man gestört wird. Man kann sie aber auch offenlassen. Man kann sich, wenn man die Türe oder das Tor zumacht, zurückziehen und hat seine Ruhe.«

»Ja«, sagte Flax, »ich muss nicht jedem das Tor aufmachen, wenn ich nicht will, dass er hereinkommt.«

»Siehst du«, sagte Herr Ruhne, »und so ist es mit uns selber auch. Allerdings glaube ich, dass die meisten Menschen ihre Tore viel zu oft verschlossen halten, weil sie nicht wollen, dass man an sie herankommt. Sie schließen sich zu sehr ab. Wenn man Freunde hat, sollte man nicht zu viele Tore verschließen, obwohl ich glaube, dass jeder das Recht hat, wenigstens ein paar Geheimnisse für sich zu behalten.«

»Sie sind für mich ein Geheimnis, Herr Ruhne!«, meinte Flax, »ich habe noch mit niemand darüber gesprochen, dass wir uns kennen.«

»Das ist ganz vernünftig von dir«, sagte Herr Ruhne, »denn man würde dir ohnehin in Flachland nicht glauben, dass es so etwas wie mich gibt. Sie würden dich allenfalls für verrückt erklären und dich hinter verschlossene Tore bringen. Siehst du, da sind wir schon wieder beim Tor. Es gibt Wege, die führen irgendwo hinein, aber man kommt nicht mehr hinaus, weil das Türschloss zuschnappt. Übrigens«, fuhr Herr Ruhne fort, »haben wir in unserem Land ein Spiel, bei dem geht es um Tore. Es nennt sich Fußball. Da ist es wichtig, dass man möglichst viele Tore erzielt.« Herr Ruhne erklärte dem interessierten Flax in aller Kürze die Regeln des Fußballspiels.

»Spielen ist schön«, meinte Flax, »ich spiele auch gerne. Bei Gelegenheit werde ich Ihnen auch von unseren Spielen etwas erzählen. Übrigens, Herr Ruhne, mir ist noch eingefallen, dass das Wort Tor bei uns auch noch etwas anderes bedeutet. Ein Tor kann auch jemand sein, der dumm ist, der etwas Törichtes macht.«

»Richtig!«, rief Ruhne. »Du denkst immer gut mit, Flax. Es ist ganz merkwürdig, dass das selbe Wort oft etwas ganz Verschiedenes besagen kann. Wir haben vorher von Schlüssel gesprochen. Jedes Tor hat ein Schloss. Ein Schloss ist bei uns aber auch ein Gebäude, in dem früher Könige gewohnt haben.« Herr Ruhne erklärte Flax kurz, was ein König ist.

»Aha«, meinte Flax, »das ist wohl so was Ähnliches wie bei uns der Dux. Der müsste dann wohl auch in einem Schloss wohnen. Herr Ruhne, mir ist gerade noch ein solches Wort eingefallen«, rief Flax, »das Wort ‚Not‘.«

»Gut, gut«, sagte Ruhne, »umgekehrt heißt es ‚Ton‘. Du weißt, was eine Not ist? Wenn es einem schlecht geht, wenn man nichts zu Essen hat oder wenn man krank ist. Ein Ton, das ist das, was du jetzt von mir hörst. Auch dazu wollte ich dir noch etwas sagen. Ihr singt doch auch Lieder?«

»Selbstverständlich«, sagte Flax.

»Und schreibt ihr die auf mit Noten?«

»Ja«, meinte Flax, »ich kenne die Noten: C, D, E, F, G ...«

»Das ist also wie bei uns«, freute sich Herr Ruhne. wie viel Noten habt ihr denn?«

»Acht. Und ein paar Halbtöne.«

»Siehst du. Und aus diesen acht Noten kannst du, je nachdem du die Noten verteilst, die verschiedensten Musikstücke und Lieder machen. Du hast unendlich viele Möglichkeiten, mit den paar

Punkten auf den Notenlinien etwas zu kombinieren und komponieren. Auch da wäre es wieder falsch zu sagen, man könnte ein Musikstück daran messen, wie viele Noten man verwendet hat oder wie lang es ist. Ein kurzes Lied kann viel mehr wert sein als ein langes. Merke dir also«, meinte Ruhne, »es ist schon wichtig, dass es etwas wie die Zahlen gibt. Aber denk immer dran, dass hinter den Zahlen noch viel viel mehr steht. Vieles lässt sich, wie gesagt, eben nicht berechnen. Aber da werden wir noch öfter drüber sprechen, Flax.« Herr Ruhne schaute auf die Uhr. »Oh Gott, es ist schon spät.«

»Ach, bleiben Sie doch noch bitte!«, meinte Flax. »Nein, es ist schon 18 Uhr.«

»Sehen Sie, jetzt kommen Sie auch mit Zahlen!«, lachte Flax.

»Ich sagte dir doch gerade, dass Zahlen durchaus etwas Wichtiges sind. Weil ich auf die Uhr geschaut habe, war ich auch pünktlich hier. Aber vielleicht sollten wir einmal über das Thema Zahl und Zeit reden.«

»Wann wird denn das nächste Mal sein?« fragte Flax.

»Wie steht es denn mit deiner Zeit?«

»Ich habe für Sie immer Zeit!«, rief Flax. »Es wäre wohl am besten, wenn Sie, sagen wir einmal, in drei Tagen, wieder zur selben Zeit kommen könnten!«

Herr Ruhne überlegte. »Gut, das lässt sich machen. Also, auf Wiedersehen, Flax! Mach's gut und sei nicht verzweifelt, wenn dich dein Lehrer nicht versteht. Vielleicht liegts bei ihm wirklich nur am Schlüssel«, lachte Herr Ruhne. »Also, auf Wiedersehen!«

KAPITEL 4

Am nächsten Tag ging Flax in die Schule.

Er war wieder völlig unkonzentriert. Nicht einmal die leichtesten Rechenaufgaben konnte er dieses Mal erledigen. Der Lehrer gab ihm ein Arbeitsblatt, in dem er von mehreren Formeln die richtige ankreuzen sollte: Wasser = $HO2 - H20 - 20H$. Flax kreuzte zwar $H20$ an, machte dann aber noch ein neues Kästchen und schrieb:»Wasser stillt den Durst, Wasser ist Regen, Wasser ist unberechenbar.«

Am Schluss der Unterrichtsstunde holte der Lehrer Flax heraus und las das, was er geschrieben hatte, laut vor. Die ganze Klasse kicherte.»Jetzt reicht's mir endgültig«, schimpfte der Lehrer.»So ein Unsinn.«

»Das ist kein Unsinn«, verteidigte sich Flax.»Wasser ist wirklich unberechenbar!«

»Wasser ist berechenbar!«, rief der Lehrer,»es ist $H20$, es hat seinen Gefrierpunkt bei 0 Grad und kocht bei 100 Grad. Also ist es berechenbar.«

»Aber«, sagte Flax,»ohne Wasser gäbe es kein Leben, und Leben kann man nicht berechnen.« Als Strafe musste Flax drei Seiten lang die chemische Formel $H20$ abschreiben, obwohl er sie doch richtig angekreuzt hatte.

Als er etwas verspätet nach Hause kam, standen zwei Wächter an der Türe.

»Was ist denn los?« fragte Flax.»Wir müssen dich verhören. In der letzten Zeit geschieht in Flachland allerlei Unheimliches. Man hört ganz merkwürdige Stimmen, und du bist beobachtet worden, wie du dich mit einer solchen Stimme unterhalten hast. Gestehe es!«

Flax erschrak zutiefst.»Nein, nein«, sagte er,»ich habe, ich … äh … , ich, ich habe das letzte Mal lediglich … äh … meine…«

»Schau her«, sagte der eine Wächter, »ich habe eine Skizze, wo man dich gesehen hat. Da bist du gesessen.«

»Ja, ja«, sagte Flax, »ich habe mich da hingesetzt, um … äh … meinen Schulstoff laut zu wiederholen. Unser Lehrer hat gesagt, so würde man etwas besser im Gedächtnis behalten.«

»Nun gut«, meinte einer der Wächter schließlich, »ich habe es zu Protokoll gebracht. Ich weiß nicht, ob man dir glauben wird. Aber hüte dich! Wir sind für den Frieden in Flachland verantwortlich. Alles läuft bei uns bestens. Unser Dux will nicht, dass etwas durcheinanderkommt.«

Zum vereinbarten Zeitpunkt traf sich Flax wieder mit Herrn Ruhne. Er erzählte ihm gleich von den Erlebnissen der letzten Tage.

»Pass auf Flax!«, rief Ruhne. »Ich werde dich unsichtbar machen.« Er hob Flax ganz zart auf und ging mit ihm an einen entfernteren Platz. »Weißt du«, sagte er unterm Gehen zu Flax, »was mir besonders gut gefallen hat. Du hast gesagt: ‚Wasser ist Leben‘. Ich habe den Eindruck, hier in Flachland hat man ein etwas gestörtes Verhältnis zu diesem Wort. Vielleicht legt jemand Wert darauf, dass dieses Wort sogar vernebelt wird.«

»Leben – Nebel«, meinte Flax, »das ist wieder so wie bei ‚rot‘ und ‚Tor‘. Ich habe viel darüber nachgedacht, was Sie mir gesagt haben. Es ist schon unglaublich, was man mit ein paar Buchstaben alles bestimmen kann.«

»Ja«, sagte Herr Ruhne, »stell dir vor, da ist ein L, zwei E, ein B und ein N, und aus diesen Buchstaben kannst du das größte aller Wunder machen, wenn du sie nur in die richtige Reihenfolge bringst. Leben ist das Bunteste und Vielfältigste, was es gibt.«

Flax erinnerte sich an die Arbeitsblätter seines Lehrers. Wie wohl sein Lehrer »Leben« bestimmen lassen würde? Er teilte Herrn Ruhne diesen Gedanken mit.

»Ja«, sagte er, »du kannst natürlich etwas ankreuzen lassen. Leben ist bewegen, Leben ist atmen, Leben ist schön, Leben ist traurig. Wo auch immer du ein Kreuzchen machst, liegst du richtig und hast doch nur einen kleinen Teil des Lebens erfasst. Man kann Leben sehen, wohin man schaut und doch ist es das Verborgenste und Geheimnisvollste, was es gibt.

»Aber warum ist das so?« fragte Flax.

»Ich glaube, das kommt davon, dass wir selber leben.«

Flax schaute ihn etwas verständnislos an.

»Ja, weil wir selber leben, wir haben nicht genug Abstand«, meinte Herr Ruhne, »und deswegen ist alles falsch, was wir sagen. Dein Lehrer würde vielleicht feststellen, dass das Leben die Daseinsform von Eiweißkörpern ist. Und das stimmt auch in einer gewissen Weise. Aber damit habe ich genauso viel gesagt, wie wenn ich vom Baum nichts anderes weiß, als dass er ein Stück Holz ist. Natürlich ist der Baum auch ein Stück Holz.«

Herr Ruhne erfuhr von Flax, dass es auch in Flachland Bäume gibt, die aber nur lang und breit sind. »Aber Leben ist mehr. Leben ist immer mehr. Leben ist vor allem Geschenk, aber das vergessen die meisten«, fuhr Herr Ruhne fort. »Habt ihr in der Schule schon einmal so etwas wie den Stammbaum durchgenommen?«

»Ja, ja«, sagte Flax, »wir haben gelernt, dass man den Stammbaum vorne mit zwei m und hinten mit einem m, dass man Vater mit einem T und Mutter mit zwei T schreibt.«

»Heute werde ich dir etwas über deinen wirklichen Stammbaum erzählen, damit du ahnst, welch großes Wunder dein und mein Leben ist. Schau mal her: Du hast doch einen Vater. Ich zeichne dir das auf.« Herr Ruhne nahm einen Bleistift, aber Flax sah natürlich nur, wie Herr Ruhne versuchte, zunächst das Gesicht des kleinen Flax zu zeichnen, dann einen Mann und eine Frau.

»Siehst du, jeder hat einen Vater und eine Mutter. Du, deine Freunde, deine Lehrer und ich. Und jeder Vater hat wieder einen Vater und eine Mutter und jede Mutter wieder einen Vater und eine Mutter.«

»Ich weiß, ich weiß«, sagte Flax, »da gibt es die Großeltern und die Urgroßeltern und die Ururgroßeltern. Ich weiß aber nur noch etwas von meinen Großeltern.«

»Haben dir deine Eltern einmal erzählt, wo sie sich kennengelernt haben?«

»Ja«, erzählte Flax, »es war bei einem der Feste von Flachland, da sind sie sich zufällig über den Weg gelaufen.«

»Siehst du, Flax«, sagte Herr Ruhne, »ein Stammbaum ist auch etwas Lebendiges, aber schau dir einmal meine Zeichnung an.« Flax zeichnete zu jedem Vater wieder einen Vater und eine Mutter. Allmählich wurde ein immer längeres und größeres Dreieck daraus, das nach außen immer weiter auseinanderging. »Eigentlich ist das gar kein Baum«, sagte Herr Ruhne, »du weißt ja nicht, was bei uns ein Baum ist. Er wächst von einer Wurzel heraus und bei dem Stammbaum, den du und ich haben, ist es genau umgekehrt, da wächst eigentlich alles auf dich zusammen. Schau dir das einmal an. Fang einmal an zu zählen. Ich muss nämlich hier aufhören, deinen Stammbaum zu zeichnen, denn das Papier geht zu Ende. Ich könnte aber noch endlos weiterzeichnen.«

Flax begann zu zählen: Ein Vater, eine Mutter, zwei Opas, zwei Omas, macht 2 und 4, acht Urgroßeltern, 2 und 4 und 8 sind 14, sechzehn Ururgroßeltern, 14 und 16 sind 30, zweiunddreißig Urururgroßeltern, 30 und 32 sind 62. Flax rechnete weiter.° Bald landete er bei einer riesigen Zahl.

»Siehst du«, sagte Herr Ruhne, »so viele Eltern, Großeltern, Urgroßeltern, Urahnen waren notwendig, dass du, kleiner Flax, auf die Welt kommen konntest. Aber das Wunder deines Stammbaums geht noch weiter. Du hast vorher gesagt, dass sich deine Eltern bei einem Fest kennengelernt haben.«

»Ja«, sagte Flax, »mein Vater hat mir erzählt, er wollte eigentlich gar nicht hin, aber dann hat ihn ein Freund mitgenommen.

»So«, sagte Herr Ruhne »und jetzt stell dir vor, der Freund hätte ihn nicht mitgenommen – was wäre dann passiert?«

»Tja«, meinte Flax, »dann hätte mein Vater möglicherweise meine Mutter gar nicht kennengelernt oder allenfalls später.

»Siehst du«, sagte Herr Ruhne, »und wenn er sie später kennengelernt hätte, wäre sie vielleicht schon längst mit jemand anderem zusammengetroffen.

»Tja, und dann ...« überlegte sich Flax, »hätten sich meine Eltern vielleicht gar nicht verheiratet, und ich wäre gar nicht auf der Welt.«

»So ist es«, sagte Herr Ruhne.

»Wenn ich das so betrachte«, überlegte Flax, »habe ich ein Riesenglück gehabt, dass sich meine Eltern gerade bei dem Fest getroffen haben. Ich müsste mich bei dem Freund meines Vaters bedanken.«

»Da würdest du nicht mehr fertig mit dem Dankeschönsagen«, lachte Herr Ruhne, »denn deine Großeltern haben sich ja auch irgendwann und wo getroffen.«

»Ich weiß nun leider nicht, wann das war«, überlegte Flax, »das hat mir weder mein Vater noch meine Mutter, als sie noch lebte, erzählt. Vielleicht auch bei einem Fest. Aber es kann natürlich irgendwo anders gewesen sein, dass sie sich über den Weg gelaufen sind. Ja, sie sind sich jedenfalls irgendwann begegnet und haben zueinander gefunden. Mein Urgroßvater«, überlegte Flax, »kam einst zufällig in unsere Stadt.«

»Siehst du, da hast du schon wieder das Wort zufällig genannt. Und jetzt überlege dir einmal«, sprach Herr Ruhne weiter, »all diese vielen, vielen Ahnen, die du noch zählen hast können, die aber noch viel, viel, viel, viel mehr sind, wenn du weiter zurückgehst, all diese Ahnen sind sich irgendwann einmal begegnet. Wäre dein Urururururururururgroßvater vor einigen hundert Jahren deiner Urururururururururgroßmutter nicht begegnet, was wäre dann?«

Flax überlegte. »Ja, dann gäbe es auch keine Urururururururururgroßmutter oder einen Urururururururururgroßvater und dann gäbe es nicht – stimmt – dann gäbe es ja mich auch nicht! Das heißt also ...«, er überlegte weiter.

»Ja, du bist auf der richtigen Spur. Was meinst du, wie viele Augenblicke des Begegnens notwendig waren, dass du auf die Welt gekommen bist und wie es genauso gut hätte gehen können, dass du nicht auf der Welt wärst. Überleg einmal weiter: Einer von diesen vielen hundert Urahnen, die ich hier aufgezeichnet habe, wäre krank geworden und gestorben, bevor er seine Frau kennengelernt hat – wenn nur ein einziger Punkt in diesem großen Dreieck fehlen würde, gäbe es dich nicht.«

Flax bekam ganz große Augen.

»Was meinst du, lieber Flax«, sagte Herr Ruhne weiter, »wie groß die Chancen sind, dass du auf der Welt bist? Du brauchst gar nicht versuchen, das zu berechnen. Das ist wohl unberechenbar, wie so vieles.«

»Mein Lehrer würde es sicher versuchen«, sagte Flax, »aber da würde er sauber scheitern.« Und er merkte wieder einmal, wie unberechenbar doch vieles in diesem Leben ist.

»Erkennst du jetzt«, fragte Herr Ruhne, »Leben ist Geschenk. Es ist uns wirklich geschenkt worden. Ich werde dir bei Gelegenheit einmal beweisen, dass dein Stammbaum nur der Anfang deines Lebens war, aber das Leben geht ja viel, viel weiter zurück. Das ist jedoch ein neues Kapitel, über das wir uns einmal später unterhalten werden. Heute muss ich leider ein wenig früher weg. Aber wir sehen uns ja dann wieder in ein paar Tagen. Weißt du schon wann?«

Flax nannte Herrn Ruhne einen Termin und Herr Ruhne versprach fest an diesem Tag und zu dieser Stunde wieder zu kommen.

KAPITEL 5

Als Herr Ruhne gegangen war, dachte Flax noch einmal über all das, was er gehört hatte nach. Schade, dass ich mit niemand darüber reden kann, dachte er. Flax hatte zwar eine ganze Reihe Freunde und Freundinnen, aber er wollte sie nicht in Gefahr bringen von Dingen zu wissen, über die man in Flachland eigentlich nicht reden sollte. Er sah versonnen vor sich hin. In diesem Augenblick war es ihm so, als rührte sich da etwas. Er schaute genauer hin und sah eine Art Wurm, der sich ganz langsam fortbewegte. Flax beobachtete ihn genau. Irgendetwas schien ihm aber anders zu sein als bei den Würmern, die es in Flachland gab. Nicht nur, dass er so etwas wie Haare am Körper hatte, sondern da war noch etwas, das Flax nicht ganz genau erfassen konnte.

Komischerweise erinnerte ihn das Tier ein wenig an Raumland beziehungsweise an Herrn Ruhne. Könnte es sein, dass er versehentlich oder vielleicht sogar absichtlich von Herrn Ruhne mitgebracht worden war? Flax begann mit dem Wurm zu reden, ohne natürlich eine Antwort zu erwarten.

»Du bist wohl so ein Zwischending zwischen mir und den Leuten aus Raumland«, sagte er, »denn du kriechst auch am Boden herum. Aber wenn du aus Raumland bist, bist du auch irgendwie hoch. Vielleicht kannst du auch ‚klettern‘?« Flax gab ihm ein Flachlandpflanzenblatt, und der Wurm schien Gefallen daran zu finden. Erst später erfuhr Flax, dass es eigentlich eine Raupe war. Flax baute ihm jedenfalls einen kleinen Stall und nahm die Raupe von da an mit.

Das sollte bald noch sehr wichtig werden, denn als am nächsten Tag Flax nach einem Schultag, der wieder einmal für ihn recht trostlos verlaufen war, nach Hause kam, standen wieder die Wächter da und betrachteten ihn grimmig.

»Jetzt hast du dich verraten!«, riefen sie. »Wir haben alles registriert. Du hast mit unheimlichen Mächten Kontakt. Wir haben inzwischen schon mit deinem Lehrer gesprochen. Dein Vater wird auch noch benachrichtigt. Komm mit!«

»Wieso?« rief Flax, »was habe ich denn getan?«

»Das haben wir dir bereits gesagt. Du hast dich mit verbotenen Mächten zusammengetan und denkst an Umsturz.«

»Ich denke nicht daran, an Umsturz zu denken«, sagte Flax, »was ist das überhaupt?«

»Du willst unseren Dux stürzen, und dazu ist dir der Kontakt mit bösen Mächten gerade recht!«

Ehe er sich versehen hatte, wurde Flax von den beiden Gestalten ergriffen und abgeschleppt.

Endlose Stunden verbrachte er in einer abgeschlossenen Zelle, dann wurde er dem Richter vorgeführt.

Der schaute ihn böse an und sprach nach kurzer Zeit das Urteil: »Aufstand und geheime Verschwörung. Der Delinquent wird mit einem Monat Haft bestraft. Er muss ins Verließ.«

Als Flax das Wort ‚Verließ‘ hörte, fuhr ihm der Schreck in alle Glieder. Er hatte vom Verließ schon öfter gehört. Das ist der dunkelste Raum in Flachland, ein ganz kleiner Raum, in dem man sich kaum bewegen konnte. Da half kein Weinen und Wehklagen.

Ohne dass er etwas dagegen unternehmen konnte, führte man ihn dorthin und versprach ihm lediglich, seinen Vater zu benachrichtigen. Ansonsten wurde ihm der Kontakt mit allen anderen Lebewesen untersagt.

Erst im Verließ kam Flax wieder einigermaßen zur Besinnung. Das Schlimmste war für ihn jetzt, dass er sich nicht mehr mit Herrn Ruhne unterhalten könnte, denn der würde ihn sicher hier nicht finden.

Die erste Zeit verbrachte er hier, ohne zu schlafen. Es war grauenhaft. Hin und wieder wurde ihm etwas Essbares gereicht, es schmeckte scheußlich.

Flax aß es dennoch, grauenhafter Hunger quälte ihn. Dazu gab es eine fade schmeckende Flüssigkeit, die der Wächter als ‚Tee‘ bezeichnete. Flax wusste, dass Tee ganz anders schmeckte.

Es dürften zwei Tage sein, die er eingeschlossen war, da spürte er, dass sich etwas bewegte. Irgendwas krabbelte auf seiner Haut. Weil er nichts sehen konnte, versuchte er, es zu spüren. »Mein Gott, an dich habe ich gar nicht mehr gedacht«, sagte Flax, »schön, dass du bei mir geblieben bist. Dann bin ich wenigstens nicht ganz allein, lieber kleiner Wurm. Aber du musst ja einen furchtbaren Hunger und Durst haben. Warte ich werde dir etwas geben. Hoffentlich schmeckt es dir besser als mir.«

Das schien der Fall zu sein, denn er hörte ein leises Schmatzen. Die Raupe schien zu merken, wie wichtig sie für Flax war, denn sie krabbelte ihm ein paarmal geradezu zärtlich über den Handrücken.

»Vielen Dank, kleiner Wurm«, sagte Flax. »Ach weißt du, Wurm ist eigentlich kein schöner Name. Ich weiß ja gar nicht einmal, was du für ein Tier bist, aber ich werde dir einen Namen geben. Es gibt sicher viele, viele Würmer im Lande und für die meisten seid ihr nur etwas, was da herumkriecht. Aber du bist nicht einfach ein Wurm, du bist jemand für mich. Ich werde dich Zipp nennen. Zipp ist kurz und bündig. Gefällt dir der Name?«

Flax war es, als hätte sich das kleine Wesen zustimmend bewegt.

»Weißt du, Zipp«, sagte er, »ich habe gehört, bei uns in Flachland sollen die Namen abgeschafft werden. Es soll alles überschaubarer und berechenbarer gemacht werden. Vielleicht werde ich die Zahl 4867 oder 2718 erhalten, aber dann bin ich einfach nur eine Zahl. Mir ist es lieber, ich kann meinen Namen Flax behalten. Flax heißen zwar auch einige, aber ich bin halt schon wieder ein bestimmter Flax, der an einem gewissen Tag des Jahres geboren wurde, zu einer Stunde, ja zu einer Zehntelsekunde, in der andere vielleicht nicht das Licht der Welt haben erblicken können: Und weißt du, ich bin auch etwas Besonderes!«

Flax dachte an die Stammbaumgeschichte, die ihm Herr Ruhne erzählt hatte. »Selbst wenn es jemand gäbe, der auch Flax heißt und zur selben Sekunde auf die Welt gekommen ist, er wäre doch jemand anderer. Irgendwie gilt das natürlich auch für dich, kleiner Zipp, denn du hast ja auch Ahnen gehabt.«

Flax versuchte die Ahnengeschichte des Herrn Ruhne auf den

kleinen Zipp zu übertragen und stellte sich vor, dass auch Zipp nicht auf der Welt wäre, wenn irgendein Tier vor zehn Jahren seine Mutter, Großmutter oder Urgroßmutter – Flax wusste ja nicht, wie lange diese Würmer leben – aufgefressen hätte.

»Auch du bist einmalig«, sagte er zu Zipp, »auch du hast das riesige Glück gehabt, dass das Ei …« - Flax war sicher, dass Zipp aus einem Ei gekrochen sein musste – »deiner Urururururgroßmutter unversehrt geblieben ist und dass dein Urururgroßvater oder deine Urururgroßmutter daraus hervorgekrochen ist.«

Flax freute sich, dass die Gedanken des Herrn Ruhne bei ihm bereits aufgingen und er überlegte, dass man auch in einer dunklen Zelle, in der man sich kaum bewegen konnte und in der es nichts zu sehen gab, doch auch Freude haben könne, denn die Gedanken konnte man nicht einsperren.

»Weißt du, Zipp«, sprach er weiter, »ich glaube, wenn wir ein bisschen mehr aufpassen und uns mit den anderen etwas mehr beschäftigten, seinen Namen kennen würden, dass wir viel weniger böse aufeinander wären. Ich habe nicht einmal die Namen der beiden Wächter erfahren, die mich abgeschleppt haben. Für sie bin ich einfach ein gefährliches Wesen gewesen, das man aus dem Verkehr ziehen muss. Alle meine Ahnen haben wahrscheinlich einen Namen gehabt, mit dem sie von ihren Eltern, ihren Freunden, ihrem Mann, ihrer Frau gerufen worden sind, manchmal zärtlich, manchmal auch etwas böser. Stell dir aber einmal vor, Zipp«, sagte Flax, »all deine Vorfahren haben nur Wurm geheißen. Wahrscheinlich bist du der erste, der einen Namen hat. Ist das nicht etwas Besonderes? Aber du bist auch für mich etwas Besonderes, denn du bist das einzige Lebewesen, mit dem ich jetzt meine Zeit verbringen kann. Ich weiß zwar nicht genau, woher du kommst, aber ich weiß, dass du auf meiner Haut kitzelst, dass du haarig bist, dass du kriechst und nicht schnell rennst. Und du kennst meine Stimme und weißt, dass du von mir etwas zu Essen bekommst. So unterschiedlich wir auch aussehen mögen, wir haben doch eines gemeinsam: wir leben.«

Flax dachte wieder an das, was ihm Herr Ruhne über das Leben gesagt hatte. Es ist zwar jetzt nicht besonders schön, überlegte er, in diesem dunklen Kerker, aber wenn ich gar nicht auf der Welt wäre, dann wäre das vielleicht noch viel schlimmer, wenn einer meiner Ahnen, so wie Herr Ruhne gesagt hat, ausgefallen wäre.

Flax war es, als hätte Zipp wirklich zugehört. Plötzlich spürte er neben Zipp noch etwas auf seiner Haut. Er versuchte es zu ertasten. Es war ein ganz kleines ovales Ding. Wieder hatte er das Gefühl, dass es aus der Raumwelt stamme. Vielleicht hatte es Zipp sogar mitgebracht.

Als am nächsten Tag etwas Licht in die Zelle von Flax fiel, sah er, dass dieses Ding so ähnlich ausschaute, wie eine Art Samen. Ich müsste ihn nur einpflanzen, überlegte Flax. Zipp schien seinen Gedanken geahnt zu haben, denn er sammelte aus dem Raum alles mögliche zusammen, Staub und Essensreste, und formte daraus eine knetige Masse. Darin legte er den Samen ab.

Erstaunlicherweise begann die Pflanze sehr schnell zu wachsen. Das sah aber Flax nicht, denn eine Pflanze wächst ja bekanntlich nach oben. Zipp schien einen geheimen Plan zu verfolgen. Er versuchte, den Trieb am Boden festzumachen. Mit Hilfe von kleinen Fäden, die er selber absonderte, gab er der Pflanze eine vertikale Richtung, sodass sie sich, statt in die Höhe zu wachsen, am Boden entlang entwickelte. Schnell wuchs sie zu einer erstaunlichen Länge heran.

Diese Tage waren schlimm. Wenigstens hatte Flax die Möglichkeit, mit Zipp zu reden. Immer mehr gewann er den Eindruck, dass er ihn verstand, ohne dass sie eine gemeinsame Sprache sprachen. Flax dachte darüber nach, dass Vertrautmachen mehr ist als miteinander reden. Es ist spüren, fühlen, riechen und vor allem aufeinander eingehen. Es ist aber auch, sich um den andern sorgen, ja sich um ihn Sorgen machen.

Das erfuhr Flax ganz deutlich, als er einmal Zipp vergeblich suchte. Er war doch nicht etwa gestorben? Nein, war er nicht. Flax wurde bewusst, dass er gut auf sich selbst aufpassen muss, denn er war ja nun auch für Zipp verantwortlich.

Zipp seinerseits fühlte sich wohl auch für Flax verantwortlich. Er sorgte dafür, dass die Pflanze wuchs, wuchs und wuchs. Sie würde ihnen noch treue Dienste erweisen.

KAPITEL 6

Nach einiger Zeit geschah etwas Seltsames. Flax hatte den Eindruck, als würde Zipp ihn in Richtung der Pflanze drängen. Zipp setzte sich ganz oben hin und bedeutete Flax, er möge dasselbe tun. Er gehorchte.

Zipp aber krabbelte wieder herunter und löste all die Fäden, mit denen er die Pflanze zuvor am Boden befestigt hatte. Den letzten Faden, ganz oben, hob er sich bis zum Schluss auf.

Dann setzte er sich neben Flax und biss diesen letzten Faden durch. Da geschah etwas Sensationelles.

Ihr habt doch sicher schon bemerkt, was geschieht, wenn man einen Ast – es muss sich allerdings um einen jungen, geschmeidigen handeln – nach unten zieht und ihn dann loslässt? Er schnellt mit großer Gewalt wieder an seine frühere Stelle zurück. Genau das passierte jetzt auch. Zipp hatte sich ganz fest an Flax angekrallt, und beide flogen nun wie von einem großen Katapult geschossen durch die Luft.

Es war ein seltsames Gefühl, das Flax erfuhr, so ähnlich wie damals, als ihn Herr Ruhne in die Hand genommen hatte, nur schneller, gewaltsamer.

Flax und Zipp flogen lange Zeit durch die Luft. Es sauste und brauste um seine Ohren herum, und er fürchtete schon an irgendeiner Stelle zu zerschellen. Das war aber zum Glück nicht so, denn nach einer langen Luftfahrt landeten sie an einer ganz weichen Stelle.

Flax war einige Zeit benommen. Dann schaute er sich um. Er entdeckte sehr viel Grünes und vermutete, dass sie in einer Wiese gelandet wären. Offensichtlich waren sie über Flachland hinausgeflogen und irgendwo in Raumland gelandet.

Sein nächster Gedanke galt seinem Freund Zipp. Er suchte nach ihm und entdeckte ihn in seinen Haaren. Da kletterte er auch schon nach unten und krabbelte zärtlich über seine Hand. Flax erkannte den großartigen Plan des kleinen Wurms, mit dem er sie aus seinem Kerker befreit hatte.

Er war glücklich, wieder frische Luft zu atmen und Licht zu sehen, bald aber kamen die Bedenken.

Was sollte er tun in diesem Land, wo er doch hier nichts anderes als ein kleiner Fleck für die Raumleute war? Womöglich würden sie ihn zertreten, und er würde jämmerlicher eingehen als in seinem Gefängnis, wo er immerhin noch Wasser und Nahrung bekommen hatte.

»Wir werden uns auf den Weg machen und Herrn Ruhne suchen«, sagte er zu Zipp, »aber ich weiß nicht, wo wir landen werden, denn ich kenne weder die Richtung, in die wir gehen müssen, noch weiß ich, wo Herr Ruhne wohnt.«

Immerhin erinnerte er sich an einen Satz, den Herr Ruhne einmal gesagt hatte: »Wer sich auf den Weg macht, ist immer schon ein Stück weiter am Ziel als der, der stehenbleibt.«

Flax ging lange.

Erst als es dunkel wurde, gab er auf und legte sich zur Ruhe. Erschöpft schlief er zusammen mit Zipp ein. Am nächsten Tag erwachte er durch ein Stimmengewirr.

»Seht mal, wer da liegt«, hörte er jemanden sagen. Es war die wohlbekannte Stimme von Katharina. »Bist du wieder bei uns gelandet? Das ist ja lustig«, sagte sie, »ich werde gleich Herrn Ruhne holen.«

Als Flax Herrn Ruhnes Stimme hörte, kam ein nie geahntes Gefühl in ihm hoch, stärker als alles, was er bis dahin kannte. Er meinte sogar fast, so etwas wie Höhe und Tiefe zu spüren. Ausführlich erzählte er die Geschichte von seiner Verhaftung bis zur wunderbaren Rettung und er zeigte dabei immer wieder auf den kleinen Zipp.

Herr Ruhne lächelte, als er von dieser Geschichte hörte. »Ja«, sagte er geheimnisvoll, »ich hab' dir die kleine Raupe mitgegeben.« So erfuhr Flax, dass dieser kleine Wurm eigentlich Raupe hieß.

»Ich habe sie Zipp genannt«, sagte Flax.

»Ja, es ist gut, wenn wir den Wesen dieser Welt Namen geben.«

»Darüber habe ich auch schon nachgedacht«, meinte Flax.

»Weißt du«, sagte Herr Ruhne, »wenn wir die Dinge und Wesen um uns herum nicht einfach als Sachen betrachten würden, wenn wir ihnen wieder Namen gäben, dann ginge es viel besser zu auf der Welt. Mit Sachen geht man wesentlich sorgloser um als mit Wesen, die einen Namen haben. Früher waren den Menschen viele Dinge in der Natur geradezu heilig. Sie meinten, dass Bäume, Sträucher und Tiere von Gottheiten beseelt seien und sie haben sie verehrt. So weit müssen wir nicht mehr gehen, aber wir sollten sie als eigene Geschöpfe sehen, die nicht einfach nur dazu da sind, dass wir uns ihrer bedienen. In unserer Welt halten die Menschen in großen Massen Tiere an so dunklen Stätten wie in deinem Kerker, in dem du eingesperrt warst. Sie warten nur, bis sie Eier legen oder Fleisch geben. All diese Tiere haben keinen Namen mehr. Sie sind nur Fleisch oder Material. Flax, ich glaube, du wirst jetzt sehr sorgfältig mit Raupen umgehen, wenn du welche siehst, du wirst sie nicht mehr als Ungeziefer betrachten, sondern in manchen den kleinen Zipp sehen oder eine Zapp oder Zupp. Du hast gelernt, eine Raupe, vor der wir manchmal, weil wir die Augen nicht aufmachen, ‚Pfui‘ sagen, anstatt sie sorgfältig zu betrachten, als Wunder anzusehen. Und du wirst mit deinem Zipp noch ein ganz, ganz großes Wunder erleben. Aber das will ich dir heute noch nicht verraten.«

»Wir müssen uns jetzt überlegen, was mit dir weiter geschieht«, sagte Herr Ruhne nach einer Weile. »Wenn du willst, kannst du gerne bei mir wohnen, denn nach Flachland kannst du vorläufig wohl nicht mehr zurück.«

Flax wusste das und dachte traurig, was wohl sein Vater sagen würde.

»Ich werde einen Weg finden, ihn zu benachrichtigen«, meinte Herr Ruhne. »Ich kann ja weiterhin nach Flachland gehen. Du schreibst einen Brief, und ich lege ihn dann in seine Wohnung. Mir wird schon was einfallen. Aber jetzt komm mit mir! Ich wohne in einem kleinen Haus am Rande von Raumstätten. Du wirst noch nicht sehr viel sehen, weil du ja noch immer ein Flachländer bist. Aber ich werde versuchen, alles möglichst gemütlich für dich zu gestalten. Mein Häuschen steht in einem großen Garten mit Bäumen und Blumen. Auch, wenn du die Bäume und Blumen noch nicht siehst, wirst du sie riechen.«

Flax war aufgefallen, dass Herr Ruhne jetzt schon ein paarmal von ‚noch nicht' gesprochen hatte. »Glauben Sie«, fragte er Herrn Ruhne deshalb, »dass ich einmal all das sehen und spüren kann, was Sie sehen und spüren, oder dass ich immer nur flach leben muss.«

»Ich glaube, lieber Flax, du hast nie flach gelebt und gedacht. Vielleicht wärst du sonst auch gar nicht da.«

Da fiel Flax Herr Wiegele ein. Er war ja der einzige gewesen, der sich um ihn gekümmert hatte. Er sprach lange mit Herrn Ruhne über Wiegele. Ruhne schaute nachdenklich.

»Vielleicht finde ich einen Weg, dass ihr euch wiederseht. Ich glaube, Herr Wiegele denkt in vielem so wie du, und du verdankst ihm sicher sehr viel.«

Dann brachte Herr Ruhne Flax und Zipp in sein Haus. Hier war wirklich eine ganz eigene Atmosphäre, die sich sofort auf Flax niederschlug. Es roch nach würzigen Kräutern, und angenehmes gedämpftes Licht umfing ihn.

»Ich habe ein eigenes Zimmer für dich frei«, meinte er, »da wachsen auch Pflanzen und Kräuter, und Zipp kann sich dort wunderbar entfalten. Ich werde alles tun, dir dieses Zimmer nett einzurichten.« Flax fühlte sich vom ersten Augenblick an in dem Raum wohl und schlief an diesem Abend glücklich ein.

In der Nacht hatte er einen seltsamen Traum. Er schien wieder zu schweben, und plötzlich war es ihm, als würde Zipp zu ihm sprechen. Zipp sprach mit der Stimme von Herrn Ruhne und sagte: »Da gibt es ein Schlüsselwort, ein Schlüsselwort. Wenn du es findest, kommst du durch das Tor.«

Als er am nächsten Tag aufwachte, hörte er schon die Stimme von Herrn Ruhne. »Hast du gut geschlafen? Zipp ist auch schon längst auf. Er hat gerade einen ausgiebigen Spaziergang auf einem Blumenstock, der in deinem Zimmer steht, gemacht. Jetzt bring ich dir etwas zum Frühstück.«

Herr Ruhne servierte Flax eine würzige, aus Kräutern zubereitete Speise und Kräutertee. »Ich hoffe, es schmeckt dir«, sagte er. »Alles stammt aus meinem eigenen Garten.«

Beim Frühstück erzählte Flax Herrn Ruhne seinen merkwürdigen Traum. Herr Ruhne schaute nachdenklich und sagte: »Tja, da gibt es wirklich ein Schlüsselwort. Ich kann es dir aber nicht sagen. Du musst es selber finden.«

KAPITEL 7

Flax musste von da an immer wieder an diesen Satz des Herrn Ruhne denken. Wenn er nur dieses Schlüsselwort entdecken könnte. Nicht, dass er mit seiner derzeitigen Lage unzufrieden gewesen wäre. Aber er wollte, nachdem er von dieser Dimension wusste, sie einfach sehen, spüren und fühlen.

Immer wieder sprach er Herrn Ruhne darauf an. Der aber meinte bloß:»Flax, denk dir nichts. Bei uns leben viele Leute auch nur in zwei Dimensionen. Weißt du, es ist Mode geworden, nur noch vor Geräten zu sitzen und hineinzustarren. Wir nennen sie Computer, Smartphones, Fernseher − Hauptsache, sie haben einen zweidimensionalen Bildschirm. Da schalten sich die Leute in ein sogenanntes Leben ein, das auf dem Bildschirm vor ihnen abläuft. Alles zweidimensional. Aber die Menschen meinen, das wären die eigentlichen Dimensionen − und vergessen dabei zu leben. Sie schalten ein und übersehen, dass sie in dem Augenblick, in dem sie abschalten, irgendwo eingeschaltet werden, indem sie ihr eigenes Leben verlieren, nur mehr Figuren des Bildschirms werden. Du hast es besser, du kannst dich wenigstens in deinen zwei Dimensionen bewegen. Die anderen sind reduziert auf einen Punkt. Sie tun überhaupt nichts mehr. Ich habe«, meinte Herr Ruhne,»gar nichts dagegen, dass man sich einmal etwas anschaut. Aber wenn man nur mehr gelebt wird statt zu leben, dann lebt meines Erachtens jede Pflanze, aber vor allem auch Zipp ein viel erfüllteres Leben als diese Leute. Das Schlimmste ist, dass sie aufhören zu fragen. Fragen jedoch macht das Leben lebendig. Wenn du kleine Kinder siehst, dann merkst du, wie sie mit großen Augen in diese Welt schauen. Ihre Augen drücken ein einziges Erstaunen aus, und auch wenn sie es noch nicht sagen können, so fragen sie uns ständig. Der Mensch ist eigentlich voll bepackt mit Fragen, und diese müssen irgendwann und irgendwo heraus und hinaus.«

»Oh je«, murmelte Flax, »ich habe meine größten Probleme dadurch bekommen, dass ich immer gefragt habe. Mein Lehrer hat mich immer beschimpft, weil ich selten mit seinen Antworten zufrieden war.«

»Jede Antwort birgt in sich eine neue Frage«, meinte Herr Ruhne, »das ist das Schöne. Ich habe manchmal den Eindruck, auch in Raumland verlernen die Kinder das Fragen. Sie werden mit Antworten vollgestopft, die sie eigentlich nie hören wollten, und das eigentlich Wichtige, das Wesentliche, dass sie schon als kleine Kinder fragen, woher die Welt kommt, wo der Anfang ist und wohin alles geht, diese Fragen dürfen sie zwar stellen, aber sie sind unbequem. Wenn die Erwachsenen nämlich zugäben, dass sie auch nicht überall genau Bescheid wissen, bekämen sie Angst, dass sie damit ihre Autorität verlieren.«

»Wissen Sie auf solche Fragen eine Antwort?« fragte Flax.

»Ach was«, lachte Herr Ruhne, »wo denkst du hin. Ich hab dir ja gesagt, dass jede Antwort schon eine neue Frage in sich hat. Aber ich gebe wenigstens zu, dass es auf viele Fragen keine Antwort gibt und glaube, dass ich dadurch ein bisschen mehr weiß als diejenigen, die meinen, alles zu wissen. Das hat übrigens ein großer griechischer Philosoph auch gesagt, der zu den Leuten sagte: ‚Ich weiß, dass ich nichts weiß‘. Damit du mich nicht falsch verstehst, Flax«, sagte Herr Ruhne, »es ist natürlich notwendig, etwas zu lernen und irgendwelche Antworten zu bekommen. Aber man muss die Antworten immer wieder ordnen und sich fragen, worauf sie jetzt eine Antwort darstellen. Man kann das Wissen nicht wie einen Rucksack durch die Welt tragen oder in den Kühlschrank stellen. Durch Fragen wird das Wissen lebendig. Ich glaube, ich bin jetzt ein wenig zu philosophisch geworden, aber wenn du jetzt gut aufgepasst hast, glaub ich, bist du deinem Schlüsselwort ein wenig näher gekommen.«

KAPITEL 8

Als die Wächter Flax das Essen bringen wollten, erschraken sie zutiefst – denn die Zelle war leer. Zunächst einmal trauten sie sich nicht, dies an ihre oberste Stelle zu melden, denn sie wussten, was ihnen blühte. Beim Besuch des obersten Gefängnisleiters mussten sie aber dann zugeben, was geschehen war.

Beide wurden selbst in die Zelle gesteckt, und der oberste Gefängnisleiter sprach zerknirscht bei seinem Amtschef vor. Auf das hin wurde er auch in die Zelle gesteckt, und der oberste Amtschef machte sich auf den schweren Gang zum Dux.

Dieser berief sofort den höchsten Rat ein und, nachdem man den obersten Amtschef auch zu Kerkerhaft verurteilt hatte, begab man sich an einen Tagungsort, um zu überlegen, was geschehen solle.

Der Dux sah den Fortbestand seiner Herrschaft in Flachland infrage gestellt und beschwor in dunkelsten Bildern die Zukunft dieses Landes, wenn man der Revolutionäre, die er hinter Flax vermutete, nicht habhaft werden sollte.

Am Ende der Tagung wurden die Polizisten zusammengeholt, und man versuchte, einen Plan zu erstellen, was zu geschehen habe. So viel war klar: Man musste Flax wiederfinden. Die Geheimpolizisten hatten ausspioniert, dass Flax immer wieder im Gespräch mit Herrn Wiegele gewesen wäre. Also wurde als erster Herr Wiegele verhaftet. Flax hatte ihm aber nichts Genaueres über seine Begegnungen mit Katharina beziehungsweise Herrn Ruhne erzählt, er hatte nur Andeutungen gemacht. Dennoch ahnte Wiegele, was geschehen war. Er ließ sich aber zu keiner Aussage bewegen, sondern meinte nur, dass Flax sich mit ihm nur immer über ganz harmlose Dinge unterhalten habe. Herr Wiegele wurde wieder auf freien Fuß gesetzt, aber man beobachtete ihn nun ständig.

Wiegele, der sich große Sorgen um Flax machte, hatte schon lange überlegt, was er tun könne, um ihm zu helfen. Vielleicht, so vermutete er, wäre er schuld gewesen, falls Flax, wie er vermutete, erneut ins Grenzfeld gegangen war. Möglicherweise hat er sich dort verlaufen?

Schließlich entschied Wiegele, Flax selbst ausfindig zu machen – im Grenzfeld.

Mit Schrecken bemerkte er, als er dort ankam, dass die Wachen verstärkt worden waren. Herr Wiegele sah keine Möglichkeit, die Kette der Wachsoldaten zu durchdringen. Von einem Versteck aus hörte er, wie sich die Wachsoldaten unterhielten. Mit Entsetzen vernahm er, dass sich die oberste Behörde für die Suche nach dem verschwundenen Flax offensichtlich einiges hatte einfallen lassen. Mit einem neu entwickelten Magnetgerät wollte man seine Spur verfolgen und sich notfalls sogar in das außerhalb von Flachland gelegene Raumland vorwagen, von dem der Dux eine Ahnung zu haben schien. Der Dux hatte, so hörte Herr Wiegele mit Schrecken, befohlen, wie auch immer Flax in Gewahrsam zu nehmen und ihn dann aus dem Weg zu schaffen. Am nächsten Tag sollte der Plan verwirklicht werden. Zehn ausgesuchte Eliteleute aus Flachland waren dafür ausersehen.

Ich muss Flax warnen, dachte Herr Wiegele, gleich, was auch immer passiert. Wenn ich nur wüsste, wo er ist.

In diesem Augenblick kam Herrn Wiegele eine Idee: Er wusste, dass im Flachland alle W-Fragen, also wie, wo und warum, verboten waren. Also schrieb er eine ganze Reihe von Fragen auf einen Zettel: Wer ist der Dux? Wie lange wird er noch herrschen? Wohin kommt man, wenn man Flachland verlässt?

Als er die Zettel geschrieben hatte, versteckte er sich eilig hinter eine in der Nähe gelegenen Linie. Dann stieß er einen Pfiff aus.

Die Soldaten schauten nach und entdeckten die Zettel schnell. Man las sie sich gegenseitig vor, und es entstand eine unglaubliche Verwirrung.

»Sabotage!«, rief einer, »wir müssen dem Dux sofort Meldung machen.« Diese Zeit der Verwirrung nutzte Herr Wiegele aus und rannte, so schnell er konnte, in Richtung Grenzfeld. Er wusste noch ungefähr, wo seinerzeit die Kinder gespielt hatten, und zu seiner Freude hörte er auch bald merkwürdige Laute. Nun galt es, sich bemerkbar zu machen. Aber das war sehr schwierig, denn was er hörte, waren spielende Kinder, die nicht auf den Erdboden schauten, wo Wiegele ja aufgeregt herumrannte. Wiegele wusste, dass er nicht sehr viel Zeit hatte. Denn bald würde der Plan des Dux ausgeführt werden und man würde auch ihn mit diesem neuen Suchgerät sehr schnell finden und in Gewahrsam nehmen können. Aber Wiegele hatte Glück. Durch Zufall fiel einem Kind eine Karte auf den Boden, und als es sich bückte, sah es neben der Karte Herrn Wiegele.

»Schaut, da ist wieder so ein Fleck!«, rief das Kind, »von dem uns Katharina erzählt hat! Ich hab ihr ja eigentlich nicht geglaubt, aber schaut her, er scheint sich wirklich zu bewegen. Schade, dass Katharina nicht da ist.«

»Ich weiß, wo sie ist«, rief eine andere Stimme, »ich werd sie holen.« Schon bald war sie da, schaute auf Wiegele und rief: »Ich werde Herrn Ruhne holen!«

Der kam und nahm auch Wiegele mit in sein Haus.

Dort hielten sich Freude und Aufregung die Waage, denn so sehr sich Flax freute, Herrn Wiegele wieder getroffen zu haben, so sehr geriet er über die Nachricht von der bevorstehenden Aktion des Dux in Sorge.

Herr Ruhne beruhigte die beiden. »Aber, was sollen euch denn eure Landsleute anhaben? Schaut her, ich quartiere euch in den ersten Stock meines Häuschens ein. Da können sie ja nicht hinauf. Keine Angst! Und wenn es hart auf hart gehen sollte, dann lasse ich mir schon etwas einfallen.«

Herr Wiegele aber meinte: »Es ist wohl besser, wenn ich wieder nach Flachland zurückkehre. Da erfahre ich doch das Neueste.« Er flüsterte Herrn Ruhne noch ein paar Dinge zu, der sagte leise »Mhm«.

»Bitte bleiben Sie doch!«, rief Flax ihm flehentlich hinterher. Es war Herr Ruhne, der ihn beruhigte: »Wir sollten ihn nicht aufhalten. Ich erkläre dir später alles, Flax.«

KAPITEL 9

Irgendwie kam es Flax manchmal so vor, als hätte er immer schon in Raumland bei Herrn Ruhne gelebt. Manchmal hatte er sogar den Eindruck, das eine oder andere schon mit den Augen des Herrn Ruhne zu sehen. Einmal sprach er sogar mit ihm darüber.

Herr Ruhne hörte wie immer aufmerksam zu. »Ich glaube, du bist wieder einmal ein schönes Stück vorangekommen, Flax. Du hast gemerkt, dass wir nicht nur mit den Augen sehen. Auch bei uns in Raumland meinen die meisten, dass nur das wirklich und richtig ist, was man mit den Augen sieht. Dabei übersehen sie ganz, dass wir noch viele andere Augen geschenkt bekommen haben.«

Flax schaute ihn erstaunt an.

»Ja, es stimmt schon, was ich sage«, meinte Herr Ruhne, »sicher hast du schon einmal gehört, dass man vom ‚wahrnehmen‘ spricht. Wir nehmen unsere Welt wahr. Aber was ist das Wahre? Ist es das, was du siehst, oder was ich sehe?«

Flax überlegte. »Ich sehe zwar von allem etwas, aber Sie sehen mehr. Sie nehmen also mehr wahr.«

»Richtig«, entgegnete Herr Ruhne, »aber, was du wahrnimmst, ist doch genauso wahr, wie das, was ich wahrnehme.«

»Ich sehe aber nur einen Teil. Sie können die Dinge von oben, von unten sehen. Ich sehe sie immer nur aus meinem Blickwinkel.

»Ich glaube, auch wir Menschen in Raumland sehen sehr häufig nur einen Blickwinkel, und wenn du diese Frage stellst, hast du sicher schon mehr wahrgenommen, als viele Menschen, die obwohl sie die Möglichkeit hätten, sich die Dinge von allen möglichen Seiten zu betrachten, doch nur immer einseitig etwas anschauen. Weißt du, man ist gescheit, wenn man zum Beispiel schon weiß, dass alle Dinge zwei Seiten haben. Noch klüger ist man, wenn man eine dritte Seite entdeckt und weise, meine ich, wird man dann, wenn man ahnt, dass es noch andere Seiten gibt, vor allem aber eine Innenseite.«

Als Flax wieder fragend schaute, erklärte ihm Herr Ruhne dies: »Alle Dinge haben nicht nur ein Außen, sondern auch ein Innen. Doch das sieht man natürlich auf den ersten Blick nicht. Dazu müsste man ja die Dinge umkehren. Aber das geht nicht.«

Flax konnte nicht leicht folgen.

»Ja«, meinte Herr Ruhne, »ich weiß, was ich dir erzähle, ist gar nicht so leicht zu verstehen. Viele Menschen, ich sagte es bereits, haben es bis heute nicht verstanden.«

»Ich überlege«, sagte Flax, »wie das wohl in Flachland ist. Gibt es da auch ein Innen?«

»Gut gefragt«, sagte Herr Ruhne, »du hast recht. Eine Fläche hat eigentlich kein Innen. Aber ich glaube, auch in Flachland gibt es dieses Innen. Vielleicht ist es der Kern, das Wesen einer Sache, eines Dinges, das dieses eigentlich ausmacht. Denk an deine Schule, Flax, und an deinen Lehrer. Der hat dir weiszumachen versucht, dass man die Dinge dieser Welt kennt, wenn man sie berechnen kann. Sicher lernt man über die Zahl eine ganze Menge von den Dingen kennen, aber es ist eben nur eine Menge und vielleicht nicht das Wesentliche. Denk mal an einen Menschen und was du von ihm weißt: sein Geburtsjahr, seine Größe, sein Gewicht, sein Einkommen und so weiter. Du wüsstest vielleicht viel mehr von ihm, wenn du in Erfahrung bringst, ob er Tiere mag, was er am liebsten spielt, welche Bücher er liest, welche Lieder er singt, welche Freunde er hat, was er glaubt und so weiter. Im übrigen meine ich, dass man sehr viel von einem Menschen erfährt, wenn man überlegt, was er glaubt und was er mag. Aber dazu muss man den Menschen erst einmal gut kennen, sich mit ihm vertraut machen.«

Flax blinzelte Herrn Ruhne ein wenig zu und meinte dann: »Ich habe auch schon manchmal darüber nachgedacht, was Sie wohl glauben oder an was Sie glauben. Ich glaube, ich weiß schon ein bisschen was.«

»Glaubst du«, lachte Herr Ruhne, »dann bist du auf der richtigen Spur, denn ich glaube, dass derjenige, der glaubt, immer ein bisschen mehr weiß als der, der glaubt, er weiß alles.«

»Aber man darf doch nicht alles glauben.«

»Stimmt«, gab ihm Herr Ruhne recht. »Ich glaube, in unserem Leben müssen wir uns immer wieder darum bemühen zu wissen, was man glauben kann, aber auch da zu glauben, wenn man mit dem Wissen nicht weiterkommt. Ich will dir eine kleine Geschichte erzählen: Ganz in der Nähe gibt es einen hohen Berg – du weißt ja nun schon, was ein Berg ist, beziehungsweise du ahnst es. Wenn die Sonne scheint, sieht man von diesem Berg aus ganz weit in die Ferne. Aber das hab ich dir ja schon erzählt, dass man mehr sieht, wenn man nach oben steigt, weil man vieles überblickt. Die Leute kommen mit großen Autos wegen des herrlichen Blickes in die Ferne. Manchmal aber scheint die Sonne nicht, und der Berg ist in dichte Wolken gehüllt. Die Leute kommen zwar mit einem Lift – was das ist, werde ich dir später erklären – auf den Gipfel des Berges hinauf, aber sie stehen inmitten von Wolken und Nebel und sehen eigentlich gar nichts. Oft gehen sie dann in irgendeinen Laden, der auf dem Berg ist, und kaufen Ansichtskarten von dem Berg beziehungsweise dem, was man alles sehen kann, wenn die Sonne scheint. Diese verschicken sie und schreiben drauf: ‚Von hier aus hat man eine herrliche Aussicht‘. Obwohl sie selber nichts gesehen haben, glauben sie doch dem Fotografen, der das Foto gemacht hat. Bald werden wir beide auch auf einen Berg steigen, Flax, ich verspreche es dir.«

Wenn Herr Ruhne und Flax angenommen hatten, dass in Flachland Ruhe eingekehrt wäre und man die Verfolgung von Flax aufgegeben hätte, dann täuschten sie sich. Im Gegenteil, der Dux war aufgeregter denn je.

Sein Berater, der Kriegsminister Drux, lag ihm jeden Tag in den Ohren und malte ihm in den schaurigsten Farben aus, was wohl passierte, wenn er Flax nicht verfolgen würde. »Du weißt«, sagte er ihm immer wieder, »dieser Bursche ist in dieses schreckliche Land übergelaufen, in dem man nur sinnt, uns Flachländer zu vernichten. Flax kennt eine ganze Menge von unseren Geheimnissen, und ich bin überzeugt, der Herrscher dieses Landes plant bereits die Vernichtung von Flachland. Gib mir«, so bat er am Ende der Besprechung, »endlich grünes Licht, hoher Dux. Ich habe schon mit unserem Meister Strux gesprochen, der sich eine Vernichtungswaffe ohnegleichen ausgedacht hat. Das Geld, das du in die Erfindung stecken müsstest, wird sich auf alle Fälle lohnen.« Steter Tropfen höhlt bekanntlich den Stein, und so schaffte es der Drux endlich, den Herrscher über Flachland für seinen Plan zu gewinnen.

Und Strux begann mit dem Bau seiner Vernichtungswaffe. Strux war ein sehr intelligenter Mann und hatte schon eine ganze Reihe von gefährlichen Waffen für den Kampf gegen Rebellen im eigenen Land entwickelt. Dieses Mal ging es aber um etwas Besonderes. Strux wusste, dass das angrenzende Land eine ganz eigene Struktur hatte. Da würden wohl die meisten Flachlandwaffen keine oder nur geringe Wirkung haben können. Wochenlang sann er vor sich hin, fertigte Zeichnungen an, aber bald verwarf er seine Entwürfe wieder.

Immer wieder wurde er verunsichert von dem Gedanken, dass dieses angrenzende Land doch ein ganz anderes wäre, dessen Dingen und Wesen man nicht so zu Leibe rücken könne wie in Flachland. Eines Abends saß er völlig resigniert vor einem Haufen zusammengeknüllter Zeichnungen und Entwürfe. »Ich glaube, ich habe von Grund her alles falsch gemacht. Von Grund her alles falsch gemacht«, murmelte er und noch einmal wiederholte er: »Von Grund her.«

Da leuchtete es bei ihm plötzlich auf: »Von Grund her – richtig! Von Grund her müsste diese Waffe funktionieren. Wie auch immer dieses Land beschaffen ist, es muss ja einen Grund haben.«

Eilig konstruierte und zeichnete er die ganze Nacht durch. Am Morgen ging er stolz mit seinem Entwurf zum Kriegsminister. Dieser schloss ihn in die Arme und meinte: »Strux, du bist ein Genie!«

Zusammen gingen sie zum großen Dux. Der zögerte zwar, als er hörte, wie teuer die Geheimwaffe käme, aber schließlich war er von der Idee des Strux doch überzeugt.

Und so baute man in den nächsten Wochen fieberhaft an dieser Vernichtungswaffe, einem Gerät, das in einer rotierenden Scheibe bestand, die alles von Grund her absägte. Strux nannte die Waffe dem Dux zuliebe Duxator und man baute davon fünf Ausfertigungen.

Nun galt es, die Soldaten in Flachland noch in dem Umgang des Gerätes zu schulen. Das war nach einigen Tagen der Fall, und so plante der Kriegsminister Drux seine große Attacke auf Raumland.

KAPITEL 10

Unterdessen hatte Flax mit Herrn Ruhne wunderschöne Tage verbracht. Sie hatten sich einiges von Raumland angeschaut, soweit das für Flax möglich war. Immer wieder waren sie im Gespräch auf die Dimensionen von Raumland gestoßen, und immer wieder hatte Herr Ruhne gemeint:»Pass nur auf, du wirst es schon noch irgendwie sehen, was dir jetzt noch verborgen ist.«

Ach, beinahe hätte ich es vergessen: Herr Ruhne und Flax hatten für Zipp, die Raupe, bestens gesorgt. Flax streichelte Zipp jeden Morgen und redete mit ihm. Flax hatte fast das Gefühl, als könnte Zipp alles verstehen. Eines Tages aber war Zipp verschwunden. Er suchte das ganze Zimmer ab und rief schließlich Herrn Ruhne.

Der schaute sich im Zimmer um, dann entdeckte er etas:»Ich hatte es schon vermutet: Zipp hat sich eingepuppt«, sagte er.

»Was heißt das?« wollte Flax wissen.

»Zipp ist jetzt ein Kokon.«

»Also … ist er … tot?«, fragte Flax und begann zu weinen.

»Es gibt Zipp lediglich nicht mehr als Raupe«, erwiderte Herr Ruhne.»Zipp verwandelt sich. All unser Leben ist ein einziges Sichverwandeln. Alles, was lebt, wird, wächst, vergeht, blüht, welkt.«

»Und stirbt«, ergänzte Flax.

»Ja, so ist es wohl«, meinte Herr Ruhne nachdenklich.»Aber ohne Werden und Vergehen gäbe es kein Leben. Da wären wir nichts anderes als ein Stein. Aber sogar Steine verändern sich. Unsere ganze Welt ist in einem Werden und Vergehen begriffen.«

»Glauben Sie, dass das immer schon so war?«, fragte Flax.

»Ja, selbstverständlich«, entgegnete Herr Ruhne.

»Von Anbeginn an?« wollte Flax wissen.

»Von Anbeginn an, ja.«

»Und was war vor diesem Anbeginn?« fragte Flax weiter.

»Ja«, meinte Herr Ruhne, »da hast du wohl eine der wichtigsten Fragen überhaupt gestellt. Die Frage nach dem Beginn von allem. Ich glaube, seit es Menschen gibt, haben sie immer gefragt, was vor dem Anfang war. »Und«, fragte Flax, »haben Sie eine Antwort gefunden?«

»Ich weiß nicht«, meinte Herr Ruhne, »ob es je eine Antwort darauf gibt. Man hat Geschichten erzählt und Bilder gemalt, um sich das vorzustellen, es gibt Theorien, Ideen, Vermutungen. Aber eine endgültige Antwort hat noch niemand geben können.«

»Könnte es nicht sein«, überlegte Flax, »dass dann vor diesem Anfang kein Werden und Vergehen war? Aber woraus ist dann der Anfang entstanden? Warum hat es einen Anfang gegeben?«

Herr Ruhne nickte. »Diese Fragen sind die letzten Fragen. Sie gehen bis zur Grenze dessen, was wir verstehen können. Unsere Wissenschaftler haben zwar eine Menge Antworten über den Anfang gefunden. Sie gehen heute davon aus, dass alles durch einen ganz großen Knall entstanden wäre, aber wenn man weiter fragt, dann muss man ja auch fragen, woher dieser Knall gekommen ist. Tja, und da heißt es dann, das dürfe man nicht fragen, denn vorher hätte es keine Zeit gegeben. Zeit und Raum seien eben durch diesen Knall entstanden. Ich persönlich will mich nicht damit begnügen. Zumindest sollte man zugeben, dass man eine Antwort, die letzte Antwort schuldig bleibt. Gescheite Leute haben immer wieder festgestellt, dass, wenn etwas in Bewegung kommt, es auch etwas oder jemand geben muss, der diese Bewegung ausgelöst hat.«

Während Herr Ruhne sprach, hatte sich an der Stelle, an der der Kokon lag, etwas Unglaubliches getan. Das Ding hatte sich bewegt, und aus ihm war ein merkwürdiges Wesen herausgekrochen. Herr Ruhne sah es gebannt an.

»Schade«, sagte er zu Flax, »dass du nicht sehen kannst, was jetzt geschieht. Es ist eines der größten Wunder.«

»Was ist denn los?« fragte Flax.

»Zipp ist zum Schmetterling geworden. Ich will versuchen, es dir zu beschreiben. Zipp hat Flügel bekommen und schaut ganz anders aus als vorher. Er kann fliegen. Fliegen, das heißt, er kann sich in den Raum erheben, ohne klettern zu müssen. Wie ein Vogel. Er ist aber kein Vogel, sondern er ist nach wie vor ein Insekt. Und doch ist er etwas ganz anderes, etwas ganz Neues.«

Zipp flog auf die beiden zu. Er machte sich ganz flach, so dass ihn Flax berühren konnte.

»Vorsichtig«, warnte Herr Ruhne, »Schmetterlinge haben sehr empfindliche Flügel. Sie sind ein unglaubliches Kunstwerk.«

»Wie konnte das geschehen?«, staunte Flax. »Woher kommen die Flügel? Waren sie vorher auch schon da?«

»Nein«, antwortete ihn Herr Ruhne. »Sie wären auch dann nicht sichtbar gewesen, selbst wenn man in sein Innerestes hätte schauen können. Da waren keine Flügel.«

»Aber woher sind sie dann gekommen?« hakte Flax nach.

»Hm«, überlegte Herr Ruhne, »sie müssen wohl irgendwo gewesen sein. Allerdings nicht sichtbar. Es gibt also offensichtlich doch etwas, was ist, ohne dass man es sieht, hören oder tasten kann. Etwas ist da, auch wenn es nicht in Erscheinung getreten ist.«

»Könnte es also sein, dass ich auch schon da war, als ich noch nicht geboren wurde und Sie auch, Herr Wiegele oder mein Vater?«

»Hm, hm«, meinte Herr Ruhne, »ich weiß es nicht. Vielleicht ist es so ähnlich wie mit einem Plan: Da ist ein Mensch, der baut in Gedanken ein Haus. Aber das Haus ist deshalb noch lange nicht da. Auch nicht, wenn die Bauteile da sind. Man kann ja nicht zu einem Holzstapel schon Haus sagen. Da ist also jemand, der sich ein Haus ausgedacht hat. Das ist der Architekt, der den Plan in seinem Kopf hat und ihn später aufzeichnet. Und später benachrichtigt der Architekt irgendwelche Leute, wie sie nach seinen Vorstellungen das Haus bauen können. Damit kann ich jetzt nicht unbedingt all das erklären, was bei Zipp vorgegangen ist. Aber vielleicht siehst du, dass schon etwas da ist, was noch nicht sichtbar ist.«

»Aber ich kann mir nur schwer vorstellen, dass es für alles schon immer irgendwie einen Plan gegeben hat von allem, was in unserem Flachland und in eurem Raumland ist. Apropos Flachland, unser Herrscher, der Dux, den hätte sich dann ja auch wer ausgedacht.«

»Du bist schon ein erstaunlicher Bursche«, sagte Herr Ruhne. »Was du jetzt gerade überlegt hast, haben bei uns schon oft viele gescheite Leute gedacht. Ein gescheiter Mann namens Plato hat schon vor über 2000 Jahren fest angenommen, dass es ein Reich der ewigen Ideen gibt: Wenn man geboren wird, kommt man aus diesem Reich heraus und bekommt einen Körper und erinnert sich dann allmählich in seinem Leben wieder an das, was man schon von Anfang an gewusst hat zurück.«

Flax nickte. »Ich hab mich auch schon oft gefragt, was eigentlich war, bevor ich auf die Welt gekommen bin. Nicht nur die Zeit vor meiner Geburt, sondern viele, viele Jahre vorher, als sogar meine Eltern und Großeltern noch gar nicht da waren. Wo ich da wohl war? Oh, je!«, jammerte er. »Ich werde wohl immer wieder Fragen finden, auf die es keine Antwort gibt.«

Herr Ruhne lachte. »Das ist gut so, denn Fragen macht das Leben lebendig. Mit Fragen wächst man über sich hinaus.« Er schaute Flax an. Etwas leuchtete in seinen Augen auf.

»Ist was?« fragte Flax.

»Ja, vielleicht«, antwortete Herr Ruhne, »aber vielleicht täusche ich mich. Mir war gerade so als …«

»Bitte sagen Sie mir es«, drängte ihn Flax, »bitte!«

»Nein, ich glaube doch nicht. Oder doch, es könnte sein.« Herr Ruhne schaute ihn nochmals sehr intensiv an. »Du, Flax ich weiß nicht. Mir war grad so als ob du … als ob du plötzlich eine neue Dimension gewonnen hättest.«

»Was?« rief Flax ganz aufgeregt, »ich soll hoch geworden sein? Oder wie sagt man da?«

»Jedenfalls anders«, meinte Herr Ruhne. »Ich habe dir ja gesagt, da gibt es ein Geheimnis. Du musst dir nur Zeit lassen.«

Zipp flatterte durch den Raum.

»Du bist wunderschön geworden«, sagte Herr Ruhne.

»Es muss ein großartiges Gefühl sein, von einer Raupe zum Schmetterling zu werden und plötzlich Flügel zu bekommen«, meinte Flax. »Ich wäre schon zufrieden, wenn ich einfach nur größer werden könnte. Flügel brauch ich nicht.«

»Ich habe dir schon gesagt, man kann auch mit Gedanken

schweben und sich in die Lüfte erheben«, nickte Herr Ruhne. »Weißt du, jeder bei uns in Raumland und bei euch in Flachland hat etwas mitbekommen, was ein ganz, ganz großes Geschenk ist: Fantasie. Fantasie verleiht uns sozusagen Flügel. Wir können uns etwas vorstellen, gleichsam aus uns herausgehen, über uns schweben, über uns nachdenken. Wir können uns etwas vorstellen. Leider wissen die wenigsten, mit diesem herrlichen Geschenk umzugehen.«

»Wie meinen Sie das?«, fragte Flax.

»Man treibt den kleinen Kindern schon früh die Fantasie aus. Wenn Kinder sich etwas ausdenken, dann passt es manchmal nicht in das Bild der Erwachsenen. Sie sagen dann bei Prüfungen: ‚Darauf gibt es keinen Punkt.‘ Obwohl wir in Raumland sind, zählen bei uns viele auch nur Punkte zusammen. Ich glaube, in unseren Schulen spielen Punkte eine viel zu große Rolle. Man will alles auf einen Punkt bringen und dass alle auf einer Linie liegen. So hat Fantasie keine Chance.«

KAPITEL 11

Die Entwicklung der Geheimwaffe war abgeschlossen. Nun saßen die Minister von Flachland zusammen und berieten, wie sie diese Vernichtungswaffe wohl am besten einsetzen könnten.

Kriegsminister Drux schlug vor, dass man zunächst eine Schar ausgesuchter Spione ins angrenzende Land schicken sollte.

»Und was ist«, fragte Wirtschaftsminister Lux, »wenn die Spione nicht mehr zurückkehren? Wenn dieses Land für sie so faszinierend ist, dass sie unserem Flachland ein für allemal den Rücken kehren?«

Diese Bemerkung löste entrüstete Schreie aus. »Wie kommen Sie zu solch einer unvorstellbaren Auffassung?!«, riefen einige Schmeichler und Gefolgsleute des Dux. Und dies: »Flachland ist das Paradies! Das einzige Land, in dem es sich lohnt zu leben. Wir haben den besten Führer, den es überhaupt gibt. Kein Land kann neben Flachland bestehen.«

Der Dux nickte geschmeichelt.

»So habe ich es auch nicht gemeint«, stammelte Minister Lux. »Ich meine nur, es könnte ja sein, dass man den Leuten etwas vorgaukelt, irgendwelche Versprechungen macht, die dieses Land natürlich nie und nimmer erfüllen kann.«

»Tja«, räumte der Dux ein, »man weiß ja nie. Aber ich werde nur Leute als Spione auswählen, die eine feste Bindung in Flachland haben, zum Beispiel Väter. Und ich werde den Spionen sagen, dass, wenn sie nicht zurückkehren, das Leben ihrer Kinder auf dem Spiel steht.«

»Wir haben ein paar absolut zuverlässige und bis ins letzte ausgebildete Spione parat«, nickte nun auch Drux. »Wir wollen sie losschicken, und sie müssen uns einen Plan des angrenzenden Landes anfertigen. Und sie sollen auskundschaften, wo sich Flax aufhält.«

In den nächsten Wochen arbeitete man fieberhaft an der Ausführung des Spionageplanes. Die Spione bekamen noch einmal einen Elitekurs verpasst. Dann ging es los. Dux persönlich geleitete sie an die Grenze des Landes, und sie wurden unter dem Abspielen der Nationalhymne Flachlands in das unbekannte Grenzfeld entlassen.

Die Ausbildung der Spione war wirklich perfekt, und so war es kein Wunder, dass sie bereits nach kurzer Zeit zurückkehrten und dem Dux einiges zu berichten wussten. Sie erzählten von Erscheinungen, von Stimmen, die man hören konnte ohne jemanden zu sehen. Und ständig seien sie an unsichtbare Gegenstände gestoßen.

»Dieses Land ist ein Land des Schreckens«, meinte der eine. »Ich bin glücklich, dass ich wieder nach Flachland zurückkehren durfte.«

Ein anderer Spion meinte: »Auch ich habe Unfassbares erlebt. Ich bin glücklich, dass ich noch lebe, denn ich wurde festgehalten. Ich konnte mich nicht mehr bewegen. Dann hörte ich ein Lachen. Und plötzlich kam ich frei. Und ich rannte, was ich konnte.«

»Mir ist Ähnliches passiert«, erzählte ein Dritter, »auch ich wurde durch irgendeine geheimnisvolle Macht festgehalten und ich hörte merkwürdiges Stimmengewirr, das ich nicht zuordnen konnte.«

»Du siehst, Dux, welch Riesengefahr dieses Land ist«, sagte Kriegsminister Drux. »Möglicherweise greifen sie uns schon bald an. Höchste Eile ist geboten!«

Der Dux blickte düster drein. Schließlich fragte er: »Habt ihr sonst noch irgendwas bemerkt. Habt ihr eine Spur von Flax gefunden?«

»Ich glaube, mir ist etwas untergekommen«, sagte ein Spion, »mir war, als hätte ich seine Stimme gehört. Einmal war es mir sogar, als hätte ich Flax gesehen. Aber sofort ist er wieder meinen Blicken entschwunden.«

»Weißt du, wo das war«, fragte der Dux.

»Selbstverständlich«, antwortete der Spion, »ich habe hier einen ganz genauen Plan angefertigt. Schau her!« Und er zeigte dem Dux seine Aufzeichnungen.

Drux schaute ebenfalls in einen Plan: »Vorzüglich. Damit lässt sich arbeiten. Sollen wir unsere neue Wunderwaffe einsetzen?« Der Dux sagte nichts. Er zögerte noch.

In den nächsten Tagen wurde schließlich überall verkündet, dass Flachland eine neue Wunderwaffe entwickelt habe, die gnadenlos Tod und Verderben über all jene brächte, die es wagten, sich dem Willen des hochverehrten Dux zu widersetzen oder ihm gar feindlich gegenüberzustehen.

»Dies gilt nicht nur für unsere eigenen Bürger«, verkündeten Sprecher des Dux an allen Ecken und Enden des Landes, »sondern auch für angrenzenden Länder. Diese Waffe, die eine geniale Idee unseres hochrühmlichen Führers Dux ist, sichert unserem Lande für alle Zeiten die Herrschaft auf der ganzen Welt. Der Dux«, so verkündete man weiter, »ist ja ein friedliebender Herrscher, wie ihr wisst, aber er wird mit aller Macht Einmischungen von feindlichen Völkern entgegentreten, die das Glück dieses Landes gefährden sollten. Der Sieg wird sicher unser sein!«

Der Dux ließ in den nächsten Wochen immer mehr Leute zum Gebrauch mit der Waffe ausbilden. Dann, einige Wochen später, gab er den Einsatzbefehl. Und die ersten mit der neuen Wunderwaffe ausgerüsteten Soldaten rückten durchs Grenzfeld nach Raumland vor.

KAPITEL 12

Als Herr Ruhne eines Morgens aus seinem Fenster schaute, fuhr ihm der Schreck in alle Glieder.

»Oh Gott«, murmelte er, »was ist denn da passiert?« Der Garten, sein ganzer Stolz, war wie von einer großen Sense abgemäht. Die Blumen und Kräuter lagen durcheinander auf dem Erdboden ausgebreitet. Herr Ruhne lief, ohne Flax aufzuwecken, sofort herunter und besah sich den Schaden. Ungläubig schüttelte er den Kopf, als er die Verwüstung sah. Auch ein Teil des Johannisbeerstrauches war beschädigt, er besah sich den Strauch genauer. Er entdeckte einen Einschnitt. Offensichtlich waren die Täter gestört worden – oder das Messer war nicht scharf genug. Beim Apfelbaum galt dasselbe: Entweder hatte das Gerät versagt oder es war den Tätern etwas dazwischengekommen.

Herr Ruhne ging traurig ins Haus zurück und erzählte Flax, was passiert war.

»Um Himmelswillen!«, rief der, »ich habe da so einen Verdacht: Wenn da mal nicht der Dux dahintersteckt?«

Herr Ruhne schaute ungläubig: »Der Dux? In meinem Garten?«

»Sie kennen unseren Dux nicht«, erwiderte Flax. Er ist ein gewalttätiger Herrscher, der keinen Widerstand duldet, dem alle Mittel recht sind, um seinen Willen durchzusetzen.« Woher es wohl komme, dass es immer wieder Streit und Unfrieden gibt, fragte Flax. Man könnte doch mal was erfinden, das den Frieden ein für allemal sichert.

»Ach«, sagte Herr Ruhne bitter, »das haben die Menschen auch schon versucht. Indem sie ganz besonders schreckliche Waffen erfinden – angeblich zur Aufrechterhaltung des Friedens. Ich will dir dazu eine kleine Geschichte erzählen.«

Und das war Herrn Ruhnes Geschichte:

Prinz Fidelio hatte ein schweres Erbe nach dem Tod seines Vaters, des Königs Polemius III., übernommen. Der hatte ein strenges Regime geführt, es aber nie geschafft, zu verhindern, dass zwei Gruppen innerhalb des Landes erbitterte Feinde waren. Ein paar Monate, nachdem der junge König an der Regierung war, brach ein offener Krieg zwischen den Palisiern und den Palonen aus. Fidelio berief seine gescheitesten Leute ein, darunter der Kriegsminister und der Musikrat.

Der Kriegsminister gab dem König den Rat: »Bringe beide Gruppen dazu, dass sie ihre Waffen abgeben, dafür bekommen sie die modernsten Kriegsinstrumente, die es heute gibt, und zwar jede Gruppe genau dieselbe Menge und dieselbe Qualität. Du wirst sehen, durch das Gleichgewicht der Waffen werden die beiden Parteien friedlich bleiben und nicht wagen, den Krieg zu beginnen.«

Dem König leuchtete dieses Argument ein.

Und richtig, nachdem er beiden Parteien ihre bisherigen Waffen abgenommen und sie mit neuen versehen hatte, herrschte für einige Zeit Ruhe und Ordnung im Lande. Der König brachte die Parteien sogar dazu, dass sie friedliche Wettkämpfe miteinander austrugen.

Einmal aber gewannen die Palisier im Wettwerfen, im Wettschießen, im Langlauf und im Sprint. Bald danach erfuhr der König, dass die Palisier nun doch einen Feldzug gegen die Palonier planten, denn sie waren ja in allen Belangen überlegen.

Eilig rief der König erneut seinen Rat zusammen.

Nun gab der Musikrat dem König einen Ratschlag: »Wenn du den Frieden in deinem Volk dauerhaft bewahren willst, musst du ganz anders vorgehen. Nimm ihnen alle Waffen weg! Gib ihnen statt Kriegsinstrumenten Musikinstrumente in die Hand, und du wirst sehen, es ist besser, sein Volk mit Noten anstatt mit Waffen auszurüsten. Nimm ihnen die Kanonen weg und lehre sie dafür, Kanon zu singen. Wenn sie Zither spielen lernen, braucht keiner mehr voreinander zittern. Lass sie Hackbrett spielen und sie werden nicht mehr aufeinander loshacken. Und wenn es einmal ein Kontra gibt, dann sollen sie auf dem Kontrabass spielen. Gib ihnen statt Schwertern, den scharfen, lieber klingende Harfen.

Lehre sie Piano spielen, und sie werden alles leiser und ruhiger angehen.«

Dem König leuchtete dieser Ratschlag ein, und er gründete neue Musikschulen. Der Rat des weisen Mannes schien Erfolg zu haben. Lange Zeit trugen die Palisier und die Palonier ihre Wettkämpfe auf friedlichen Gesangs- und Musikwettbewerben aus.

Eines Tages beschloss man eine Art Musikolympiade durchzuführen. Fieberhaft bereiteten sich die Palisier und die Palonier darauf vor. Tagelang ging es ganz und gar ausgeglichen hin und her. Es kam also auf den Schlusstag an. Mit knappem Vorsprung siegten nach Richterentscheid die Palonier.

Als das Ergebnis bekanntgegeben wurde, kam es zu einem Riesentumult. Die Trompeter der Palisier und die Trommler der Palonier stellten sich an die Spitze des Orchesters, und unter Absingen von Kriegsliedern hieben die beiden Parteien aufeinander ein, schlugen sich die Gitarren auf den Kopf, die Notenständer ins Kreuz und fochten mit Geigenbögen Duelle aus.

Da erkannte der König, dass man Frieden weder durch Waffen noch durch Musik verordnen kam, und er kam zu der Einsicht, dass die Entscheidung ganz woanders fällt: in den Herzen der Menschen.

Um aber in den Herzen etwas zu verändern, genügen Verordnungen und Vorschriften nicht. So beschloss der König, alles zu tun, um die Herzen der Menschen zu verändern.

Du willst wissen, ob er das geschafft hat? Dann hör dir die Nachrichten an und lies die Zeitung. Du wirst schnell merken, wie weit er gekommen ist.

Aber vielleicht hat der König ja bisher nur nicht die richtigen Minister eingeschaltet. Vielleicht kannst du es ja besser? Fang doch gleich bei dir selber an und versuche es in deiner Umgebung. Wenn du Erfolg hast, melde dich bei dem König Fidelio. Ich bin sicher, er wird dich bestimmt als Minister bei sich anstellen.

KAPITEL 13

Kaum vom Einsatz zurück, erstatteten die Soldaten aus Flachland ihrem Dux Meldung. Der Kriegsminister strahlte vor Stolz, der Dux hörte freudestrahlend zu.

»Wir müssen sofort unsere großartige Tat verkünden«, sagte er und er rief den Propaganda- und Medienminister Fax zu sich. Der verbreitete die Nachricht von der Zerstörung im ganzen Land.

Damit nicht genug. Fax vergaß nicht, jeden Tag in kleinen Häppchen immer neue Geschichten über die Verschlagenheit, die Hinterhältigkeit des Volkes jenseits von Grenzland zu verbreiten. Dass da die Wahrheit unterwegs bisweilen auf der Strecke blieb, nahm er billigend in Kauf. So ganz genau ging es ja sowieso nicht, dachte Fax, denn er wusste: Die Flachländer würden ohnehin nur ihm glauben und niemandem sonst. Wie hätten sie auch in Zweifel ziehen können, was er verbreiten ließ, schließlich kontrollierte Fax alle Nachrichtenkanäle im Land. Die einzig zugelassene Zeitung nannte sich übrigens »Die Wahrheit«.

Im Grunde war es ganz einfach: Was er sagte, was er berichtete, war die einzige Wahrheit, die es gab. Punkt. Und je öfter er Nachrichten herausgab, umso größere Freude bereitete es ihm, sie hie und da ein wenig auszuschmücken. Was wahr war, wusste Fax, war das, was er sagte, ganz egal, ob die Wahrheit tatsächlich wahr war, oder aber auch nicht.

Fax genoss es, dass die Zeitung alles, was er von sich gab, auch wiedergab. Niemand hinterfragte, ob das denn auch alles mit Fakten zu belegen wäre. Viel wichtiger schien es den Redakteuren der flachländischen Medien zu sein, dass sie schneller waren als die anderen, wenn es darum ging, die Botschaften von Fax zu verbreiten. Hauptsache, sie waren die ersten. Der Inhalt? Egal.

Und Fax? Er fühlte sich so wohl wie noch nie in seinem Leben. Er war stolz gehört zu werden. Es tat ihm gut, dass niemand hinterfragte was er da tat. Und von Tag zu Tag war er sicherer und fester in seinem Tun. Denn wenn nicht einmal die klugen Redakteurinnen und Redakteure anzweifelten, was er da von sich gab, dann würde es schon richtig sein.

Der Dux verfolgte immer sehr genau, was Fax an die Medien gab, und er staunte über so manche Nachricht. Ganz erstaunlich, was Fax und sein Geheimdienst alles über die Raumländer in Erfahrung gebracht hatte. Dass davon nur die Hälfte stimmte, konnte er ja nicht wissen. Umso mehr, dass er und seine Flachländer sich zur Wehr setzten, war er überzeugt, denn dass Angriff die beste Verteidigung war, hatte selbst der Dux schon als Kind in der Schule gelernt.

Ein ums andere Mal und fühlte sich bestärkt darin, an seiner Macht festzuhalten, nichts zu riskieren. Eines Tages ließ er Fax zu sich holen und belobigte ihn für seinen Dienst am Land. Wodurch sich wiederum Fax in seinem Tun bestärkt fühlte. Und je mehr Zeit verging, umso sicherer war er sich, dass seine Wahrheit die einzig richtige war, auch wenn er sie sich jeden Tag aufs Neue ausdachte und zurechtlegte. Fax verspürte jedenfalls eine tiefe Dankbarkeit gegenüber dem Dux, der ihm so vertraute. Und er nahm sich ganz fest vor, Dux nicht zu enttäuschen.

Eines Morgens hatte Fax auch eine Idee, wie er dem Dux seine Dankbarkeit beweisen konnte. Er stellte einen Komponisten an, um eine neue Hymne zu Ehren des Dux zu schaffen. Der Refrain lautete: »Dem größten aller Herrscher, der je dem Land erwuchs, wollen wir vor Ehrfurcht dienen. Lange lebe unser Dux!«

Der Kriegsminister, längst ebenfalls von der Begeisterung angesteckt, die Fax mit seinen Nachrichten entfacht hatte, entwickelte einen Kriegsehrenorden. Das erste Exemplar überreichte er dem Dux, der Dux wiederum antwortete mit dem Orden des Lichts, dem Lux-Orden.

Eines Tages passierte Fax etwas Unglaubliches: Ein Flachländer fragte ihn, woher er das denn alles wisse, dass die Raumländer so böse Monster seien, dass ihre Haut mit Borsten und Pickeln nur so übersät sei, dass sie bevorzugt Flachländer lebendig zum Frühstück verspeisten und dass sie ihre Kinder dazu nötigten, selbst im Winter nackt im Schnee schlafen zu lassen, um sie abzuhärten.

Er habe seine Quellen, erwiderte Fax nur. Was ihm aber auffiel: Der Flachländer, der diese Frage gestellt hatte, trug eine außergewöhnlich große Nase im Gesicht, und seine Haare schmückte er mit einer Kappe. Da hatte er eine Idee.

Er beriet sich mit Drux, dem Kriegsminister, und bat ihn, alle Flachländer mit großen Nasen und kleinen Kappen auf dem Kopf zur Sicherheit ins Gefängnis zu stecken. Und er hielt es für eine hervorragende Idee, ihnen ein Zeichen auf den Arm zu tätowieren, damit sie, die potenziellen Zweifler und Gefährder, auch gut zu erkennen waren. Drux fand auch, dass das eine gute Idee war.

In der obersten Führungsebene aber beriet man, wie die Invasion weitergehen sollte. Es war offenkundig, dass die neue Wunderwaffe noch Schwachpunkte hatte, schließlich war sie beim Versuch einen größeren Gegenstand zu sekieren – so nannte man die Wirkung der Waffe – in die Brüche gegangen.

»Und das sagt ihr mir jetzt erst!«, rief der Dux wutentbrannt, als schließlich seine Gefolgsleute vor ihm standen. Der Dux schritt die Reihe ab. Von links nach rechts und von rechts nach links und von links nach rechts und so weiter. Er ließ sich Zeit. Sehr viel Zeit. Dann aber blieb er schließlich stehen.

Als erstes nahm er dem Kriegsminister den Lux-Orden wieder ab. Der schaute betreten, und versuchte den Dux zu beschwichtigen: »Die Wunderwaffe befindet sich doch erst in der Entwicklungsphase. Wir haben ja noch nicht so viel in sie investiert.«

»Nicht viel?« schrie der Dux. »Ich habe die Steuern erhöhen müssen, um dir die Mittel zur Verfügung zu stellen, die du benötigt hast! Aber du hast recht. Dich trifft keine Schuld, du hast dein Bestes gegeben. Das habe ich vorhin auch so in der Zeitung gelesen. Es sind die Raumländer, die die Schuld tragen, dass mein Volk leidet. Finanzminister Fux soll zu mir kommen.«

Als er da war, kreischte der Dux: »Erhöhe die Steuern noch mehr!«

»Da sehe ich Schwierigkeiten, große Schwierigkeiten!«, jammerte Fux. »Die Bevölkerung des Landes stöhnt bereits.«

»Ihnen geht es um ihre eigene Habe. Mir geht es um das Wohl unseres Landes. Deine Aufgabe ist es«, schrie Dux Fux an, »das Geld aufzutreiben, das Drux benötigt, um uns vor diesen Monstern zu beschützen. Und deine Aufgabe ist es«, wandte er sich nun an Medienminister Fax, »dass die Bürger wissen, dass es für sie eine Wohltat ist, noch mehr Geld dafür auszugeben, damit der Sieg unser ist!«

Betreten nickten die Minister untertänigst.

Dann schritten sie leise und geräuschlos von dannen und taten, wie ihnen geheißen.

Und so kam, auch wenn die Bürger von Flachland noch so stöhnten und jammerten, wieder Geld in die Kasse.

Der Erfinder Strux wurde aufgefordert, eine noch größere und verheerendere Waffe zu entwickeln. Er nannte sie Seca II. Und wieder begannen die Ausbildungen der Soldaten an der Waffe.

KAPITEL 14

Flax ließ die Sehnsucht nach Friede nicht los. »Glauben Sie nicht«, fragte er am nächsten Tag in der Früh Herrn Ruhne, »dass man mehr für den Frieden tun könnte? Unser Dux hat einen eigenen Propagandaminister, der macht aber für alles andere als für Frieden Reklame. Vielleicht müsste man für den Frieden Propaganda machen.«

»Ja«, erwiderte Herr Ruhne, »eigentlich sollten die Leute so vernünftig und gescheit sein, dass sie gefährliche Dinge nicht tun. Aber das ist eben das Paradoxe: Man weiß ganz genau, was gesund oder ungesund ist und macht trotzdem das Ungesunde. Weißt du Flax, wir erfahren jeden Tag neu, wie schlimm es ist, wenn Krieg geführt wird und wie schrecklich Hass und Streit sind. Das schützt uns aber nicht davor.«

»Und wenn man den Krieg einfach verbietet?«

Herr Ruhne lachte. »Manchmal hat man den Eindruck, dass auch diejenigen, die vom Frieden reden, nicht bereit sind, Frieden zu schaffen. Aus Friedensdiskussionen werden Streitgespräch über den Frieden. Und aus Streitgesprächen wird Streit.«

»Oh je«, murmelte Flax, »und ich hatte gehofft, in eurer Welt und in eurem Land ist alles besser. Und es gibt gar keinen Ausweg?«

Herr Ruhne wiegte den Kopf hin und her. »Vielleicht sollten wir uns besser kennen.«

Flax schaute fragend. »Uns besser kennen?«

»Naja, wenn die Soldaten sich kennen würden ... Schau, euer Propagandaminister ...«

»Er heißt Fax«, ergänzte Flax.

»Also euer Fax verkündet Schauermärchen über das andere Land. Er schürt Wut, ja Hass. Und dann ziehen die Heere los und schlagen sich gegenseitig tot. Wer dem Gegner am meisten geschadet hat, wird auch noch ausgezeichnet. Wer seinen Gegner kennt, wird ihm doch aber kein Haar krümmen. Oft würde es schon genügen, wenn die gegnerischen Soldaten sich mit Namen kennen.«

»Ich glaube«, meinte Flax, »bei uns geht das zurzeit in eine ganz andere Richtung. Der Dux will die Namen gerade abschaffen und uns nur noch Zahlen geben. Dann bin ich nicht mehr der Flax, sondern vielleicht die Nummer 1367.«

Herr Ruhne nickte. »Es wird immer da gefährlich, wo man zur Zahl wird. Da hat man keine Skrupel mehr. Ich glaube, wir müssen anderen die Chance geben, unsere Freunde zu werden. Dafür müssen wir ein bisschen mehr von uns zeigen.«

KAPITEL 15

Der Dux ließ seinen Kriegsminister kommen. Er trug eine neue Uniform, die an die der Truppen angelehnt war. Dunkel, furchteinflößend, scheinbar schlicht. Und doch wirkte sie prächtiger, wichtiger, glanzvoller. Für den Führer waren bessere Materialien verarbeitet worden, und selbstverständlich trug niemand mehr Orden als er. Der rote Streifen am linken Ärmel verlieh ihm etwas Bedrohliches, die Lederstiefel standen für Stärke.

Kriegsminister Drux versuchte, sich den Neid nicht ansehen zu lassen, als er sich dem Dux so unterwürfig es ihm möglich war, näherte. »Er hat mich rufen lassen?«

Die ungewohnte Art der Ansprache entging dem Dux nicht, ihm gefiel, was er da hörte. »Nun, Drux, wann sind du und deine Männer bereit für den Angriff?«, sagte er mit einer fast versöhnlichen Stimme.

»Ich denke, spätestens in einem Monat!«, erwiderte Drux.

Da überschlug sich die Stimme des Dux beinahe. »In einem Monat? Ich höre wohl nicht richtig! Was bitteschön soll denn noch einen ganzen Monat dauern? Das ist inakzeptabel! Vollkommen inakzeptabel!« Und er fixierte Drux' Brust, vielleicht sollte er ihm einen weiteren Orden abnehmen? Obwohl – ohne den Lux-Orden sah er ja sowieso schon aus wie ein gerupftes Huhn.

»Nun, das hat natürlich Gründe«, sagte Drux. »Wir haben in den vergangenen Tagen festgestellt, dass nicht alle Soldaten gleich sind. Nur gleiche Soldaten sind gute Soldaten. Wir mussten erst einmal all jene aussortieren, die keine braunen Haare haben. Das hat das Gemeinschaftsgefühl massiv verändert. Nur die Braunen sind gut. Unsere Schlagkraft hat sich so um 300 Prozent erhöht.«

»300 Prozent? Das ist gut! Sehr gut sogar«, erwiderte der Dux. »Ich dachte mir immer schon, dass die Braunen die Besseren sind.« Und er fuhr sich scheinbar gedankenverloren durch seine dunkelbraunen Haare. »Trotzdem, Drux, das muss schneller gehen.«

»Das habe ich auch gesagt, darum trainieren unsere Soldaten auch seit Tagen rund um die Uhr an der neuen Waffe ...«

»... und?«

»Naja, wir mussten natürlich erst einmal zusätzliche braune Soldaten rekrutieren. Und die mussten dann als erstes die schwarzen Soldaten internieren, damit sie unsere Schlagkraft nicht zersetzen.«

»Das versteht sich ja von selbst.«

»Und dann brauchten wir Soldaten, um das Volk mit entsprechendem davon zu überzeugen, dass die Schwarzen und die Roten nun umso mehr arbeiten müssen, damit sich die Braunen voll und ganz um die Verteidigung eures Reichs kümmern können, hochverehrter Dux.«

»Das ist natürlich richtig«, antwortete der Dux und dachte kurz nach. Dann griff er in seine Tasche, holte den Lux-Orden hervor und heftete ihn Drux wieder an die Brust. »Du hast ihn dir verdient, Drux, das war gute Arbeit«, sagte er. »Aber du bekommst ihn nur unter Vorbehalt. Wenn der Angriff nicht in einer Woche beginnt, nehme ich ihn dir wieder ab.«

»Jawohl, Dux«, sagte darauf Drux, »selbstverständlich, Dux! Zu Befehl, Dux.«

»Wegtreten.«

Eine Woche später holten die Flachländer zum entscheidenden Schlag aus.

Die Truppen hatten sich mit einem gewaltigen Kraftakt in Rekordzeit im Umgang mit der neuen Wunderwaffe geübt. Nun rückten sie mit fünf Seca II aus. Nach einem anstrengenden Marsch erreichten sie das Haus von Herrn Ruhne.

Die Seca II arbeitete perfekt. Ganz und gar geräuschlos. Auf Befehl ihres Feldherrn begannen die Soldaten ihren Kriegszug gegen den schönen Apfelbaum in Ruhnes Garten. Bald fiel er krachend um. Er traf die Truppen völlig unvorbereitet, sie konnten ihn ja nicht fallen sehen. Mehrere Soldaten wurden schwer verletzt. Und weil sie nicht genau verstanden, was genau da gerade geschehen war, traten alle panisch den Rückzug an.

Flax und Herr Ruhne waren durch den Sturz des Baumes aufgewacht. Herr Ruhne rannte hinaus und erklärte Flax, was geschehen war. Der entdeckte beim Absuchen des Geländes einen verletzten Soldaten, den die Flachländer zurückgelassen hatten. Herr Ruhne kümmerte sich um ihn und bewies dabei großes Geschick.

Im Laufe der nächsten Tage gewann der Verletzte, der den Namen Fex trug, Vertrauen zu Ruhne und Flax, und unterrichtete sie in groben Umrissen über die neue Situation in Flachland. Er berichtete von den Plänen des Dux, soweit er sie kannte, denn er war ja nur ein Handlanger für die schlimmen Absichten des Herrschers.

»Ich glaube, Dux wird keine Ruhe geben, bevor er nicht alles zerstört hat«, sagte Flax. »Der schöne Baum, das ist alles meine Schuld. Vielleicht wäre es besser, wenn ich doch wieder nach Flachland zurückkehre. Dann haben Sie Ruhe.«

»Was glaubst du denn, was dir in Flachland passieren wird!«, rief Herr Ruhne. »Das würde ich nie und nimmer zulassen. Und das würde diesen größenwahnsinnigen Dux nicht davon abhalten, seine Zerstörungen fortzusetzen.«

Die Ahnung Herrn Ruhnes sollte sich erfüllen. Eines Nachts wachten sie auf, als das Haus zu wanken begann. Der Dux hatte eine neue Wunderwaffe, die Seca III, konstruieren lassen, und die setzte nun an den Grundfesten des Hauses an.

»Schnell«, rief Herr Ruhne Flax zu, »wir müssen etwas tun, sonst stürzt das Haus über uns zusammen und begräbt uns!«

»Und ich habe gedacht, »dass es in dieser dritten Dimension keine Angst gibt«, rief Flax.

»Wo denkst du hin«, rief Herr Ruhne zurück. Das Haus wankte bedrohlich.

»Halten Sie mich fest«, rief Flax, »ich brauche Halt!«

»Ich halte dich, Flax«, sagte Herr Ruhne, »aber ich kann dich nicht ewig halten, die Zeit spielt für den Dux.«

»Dann möchte ich in eine Dimension kommen, die über der Zeit ist!«, rief Flax.

Aber sie hatten Glück, bald wurde es stiller. Das lag daran, dass die ersten Secas am harten Gestein des Hauses zerbrochen waren. Das wurde Herrn Ruhne und Flax allerdings nicht gleich bewusst.

»Was ist los?« fragte Flax.

»Ich weiß es nicht«, erwiderte Herr Ruhne, »aber wir müssen uns darauf einstellen, dass es in absehbarer Zeit weitergeht.«

»Nein, bitte nicht!«, flehte Flax. »Bitte sagen Sie mir, Herr Ruhne: Was kann man tun, wenn auch in Raumland alles vergeht und nichts Bestand hat? Wo ist da … der … der … der … **SINN**?«

In diesem Augenblick riss Herr Ruhne die Augen auf und starrte Flax an. Der war – von einer Sekunde auf die andere – in die dritte Dimension hineingewachsen.

Vor ihm stand ein richtiger Bub.

»Flax!«, rief Herr Ruhne, »ich hatte es geahnt!«

Flax aber starrte verwundert an sich herab. Dann sah er sich um. »Bin ich wirklich …? Bin ich das wirklich?«, stammelte er.

»Ja, du bist!«, sagte Herr Ruhne. »Habe ich es mir doch gedacht! Du hast das Zauberwort gefunden.«

Flax brauchte einen Moment, um zu realisieren, dass er jetzt ein Raumland-Junge war. Er musste sich erst einmal setzen. »Das fühlt sich komisch an«, sage Flax.

»Wahrscheinlich dir gerade schwindelig geworden.«

»Ja, es dreht sich irgendwie alles. Wie bei einem Brummkreisel … aber ganz anders.«

Herr Ruhne lächelte, ließ Flax kurz allein und kehrte wenig später mit einem Spiegel zurück. »Hier«, sagte er und hielt ihn Flax hin. »Hier kannst du dich ansehen. Das bist du, Flax – räumlich.«

»Ich … erkenne mich«, stammelte Flax und staunte, wie lustig es sich anfühlte, als er mit seinen Fingern sein räumliches Gesicht abtastete. »Und ich freue mich, Sie nun endlich sehen zu können, Herr Ruhne. Sie sehen genau so aus, wie ich Sie mir vorgestellt habe.«

»So?«, lachte Herr Ruhne.

»Ja. Gütig. Klug. Herzlich. Sie strahlen all das aus, was unser Dux nicht hat … aber, lassen Sie mich darauf zurückkommen, was Sie vorhin gesagt haben. Sie meinten, ich hätte ein … Zauberwort gefunden. Welches Zauberwort meinten Sie denn damit?«

»Das Wort ‚Sinn‘«, erwiderte Herr Ruhe. »Du hast die Frage nach dem Sinn gestellt. Du hast schon in der Schule nach dem Warum und Woher gefragt, aber nun hast du erkannt, dass dich die Frage nach dem Sinn in eine neue Dimension bringt!«

Da setzte das Dröhnen wieder ein.

»Nicht doch!«, rief Flax, sprang auf und war ganz erstaunt, wie sich das anfühlte und wie sicher er sich der neuen Dimension bewegen konnte. »Ich lasse das nicht zu. Ich werd‘s euch zeigen!« Und er rannte aus dem Haus. Nach kurzer Zeit kehrte er zurück und flüsterte Herrn Ruhne etwas ins Ohr.

Der schaute erst erstaunt, dann lächelte er und nickte: »Natürlich, darauf hätte ich auch kommen können.« Kurze Zeit brachte er einen Eimer mit einer zähflüssigen Masse. »Gut, dass ich noch Tapetenkleister aufgehoben habe. Jetzt wollen wir einmal sehen.«

Gemeinsam kippten die beiden den Kübel vom ersten Stock aus auf die Flachländer. Sofort wurde es still.

»Sehen Sie, wie die Soldaten davonlaufen!«, rief Flax. »Die sind wir los, für alle Zeiten!«

»Da bin ich zwar nicht sicher«, meinte Ruhne, »aber das wird ihnen eine Lehre sein.« Dann untersuchte er den Schaden am Haus. Mit Schaudern stellte er fest, dass es bereits einen tiefen Einschnitt gab. »Mein Gott!«, rief Herr Ruhne. »Wir haben nochmal Glück gehabt. Das Haus hätte tatsächlich einstürzen können.«

Als sie ins Haus zurückkehrten, war der Raum, in dem der Soldat aus Flachland untergebracht war, leer. Offenbar hatte er das Getümmel genutzt, um zu türmen.

»Vielleicht ist es besser so«, sagte Herr Ruhne leise.

KAPITEL 16

In den nächsten Tagen half Herr Ruhne Flax, sich in der für
ihn neue Welt zurechtzufinden. Das war nicht einfach. Vor allem
musste er sich an sein neues Ich gewöhnen. Wieder und wieder
sah er sich im Spiegel an – und konnte nicht anders, als sich
immer wieder selbst anzulächeln. Was für ein hübscher Kerl er
doch war, der Flax mit drei Dimensionen.

Vor allem aber hatte er viel zu lernen. Genau genommen alles:
gewöhnliche Dinge wie essen, trinken, waschen und noch so viel
mehr.

Die Sprache half ihm dabei, die neue Welt zu verstehen. »Manche Wörter haben jetzt eine neue Bedeutung«, sagte Herr Ruhne.
»Du kannst jetzt die verschiedenen Seiten von Dingen sehen. Du
kannst Dinge begreifen, indem du sie anfasst, umfasst, erfasst.
Aber man kann nicht alles nur mit den Augen und den Händen
erfassen.«

Er nahm ihn an der Hand und ging mit ihm in den Garten
zu einem Baum, der der Vernichtungswaffe des Duxes nicht anheimgefallen war.

»Schau dir diesen Baum an«, sagte Herr Ruhne, »betrachte das
Blatt und beschreibe es.«

»Es ist grün, nicht gerade groß. Hat eine ovale Form.«

»Alles richtig«, sagte Herr Ruhne, »aber du siehst sicher noch
mehr.«

»Ja«, meinte Flax, »es ist an dem Baum angewachsen.«

»Stimmt«, meinte Herr Ruhne, »und weiter. Da ist noch mehr.
Betaste es, begreife es.«

Flax tat, wie ihm geheißen. »Es ist dünn. Es ist biegsam und
es ist glatt.«

»Schau es dir ganz genau an«, sagte Herr Ruhne noch einmal.
»In ein paar Monaten wird das Blatt eine andere Farbe bekommen. Es wird welken, gelb und braun werden und bei einem
leichten Wind vom Baum fallen. Es ist dann noch immer das

Blatt, das du jetzt siehst, und doch ist es etwas anderes. Verstehst du, was ich sagen will?« fragte Herr Ruhne.

Flax schaute nachdenklich. »Hm, Sie haben etwas von der Zeit gesagt …«

»Du bist auf der richtigen Spur«, bestätigte ihn Herr Ruhne. »Das Blatt entsteht und es vergeht. Also ist es nicht nur, sondern es wird. Kannst du damit etwas anfangen?«

»Aber, was ist dann mit dem Blatt, wenn es verwelkt ist?«

»Dann vermodert es, löst sich in seine Bestandteile auf.«

»Und dann?« fragte Flax.

»Ist es zur Erde zurückgekehrt. Oh schau, es fängt zu regnen an. Streck mal deine Hand aus.«

Flax spürte die Tropfen auf seiner Haut. »Das ist H20«, sagte Flax.

»Richtig. Einzelne Wassertropfen, sieh, wie sie abperlen. Und jetzt mach mal eine hohle Hand und warte etwas.«

Nach kurzer Zeit war sie mit Wasser gefüllt. »Und wo sind jetzt die Tropfen?«, fragte Herr Ruhne.

Flax lachte: »Wasser geworden.«

»Genau, sie haben sich verwandelt«, sagte Herr Ruhne. »Aber anders als bei Zipp, der eine Raupe und später ein Schmetterling war. Zipp ist keine Raupe mehr, das Wasser kein Tropfen, das Blatt bald kein Blatt mehr, wenn es zu Erde geworden ist. Was bleibt?«

»Keine Ahnung.«

»In allem ist ein Werden und Vergehen«, sagte Herr Ruhne. »Das ist eine der großen Sinnfragen: Was ist Leben?«

»Und warum muss etwas vergehen?«

»Ganz genau, Flax. Eine Antwort kann ich dir darauf schon mal geben, mit einem schönen Gruß an deinen Lehrer Wiegele in Flachland: Wer nicht fragt, ist tot. Und du, du bist jetzt ganz schön lebendig. Und lebendig zu sein, das ist etwas ganz und gar Unbegreifbares.«

KAPITEL 17

Immer besser fand sich Flax in der dreidimensionalen Welt zurecht. Er entdeckte hohe Häuser und tiefe Täler, er traf Katharina und viele andere Menschen, und ab und an flatterte auch Zipp vorbei. Einmal setzte er sich ihm direkt auf seine Nase. Das kitzelte wie verrückt.

Eines Tages lag Zipp regungslos vor dem Haus. Flax weinte, als er ihn sah. »Was ist bloß passiert?«, fragte er.

»Schmetterlinge leben nicht lange«, sagte Herr Ruhne, »sie haben nicht viel Zeit. Drum ist es gut, die Zeit, die man hat, zu nutzen. Nicht immer, man muss sich auch mal die Zeit nehmen, bewusst nichts zu tun. Aber grundsätzlich. Zipp hat seine Zeit genutzt. Er war dir ein Freund, das ist wertvoll.«

»Aber die Zeit, die wir hatten, war so kurz«, sagte Flax traurig. »Ich wollte, wir hätten mehr davon gehabt.«

Herr Ruhne nickte. »Ich weiß, was du meinst. Aber mach bitte dennoch nicht den Fehler vieler Menschen, Zeit durch Hast zu ersetzen. Wer sich hinsetzt, um gleich wieder aufzuspringen und weiter zu rennen, gewinnt nichts. Lerne, den Augenblick zu genießen. Lerne, für die Momente, die du mit Zipp hattest, dankbar zu sein.«

»Momente«, überlegte Flax, »also Punkte. Ich war bisher nur ein Punkt.«

»Aber ein lebendiger Punkt. Und nicht in einer zweidimensionalen Ebene berechenbar. Das Leben ist nicht mathematisch berechenbar. In Flachland nicht, und in Raumland auch nicht. Nicht für Menschen, nicht für Schmetterlinge und auch nicht für euren Dux.«

»Der Dux. Was er wohl als nächstes plant?«

»Es ist nicht auszuschließen, dass er gerade an noch brutaleren, noch zerstörerischen Kriegsmaschinen arbeitet und weiter versuchen wird, uns das Leben schwer zu machen.«

»Das wäre schrecklich«, sagte Flax.

»Es könnte aber auch anders kommen. Wir wissen es nicht. Die Zeit wird es weisen. Aber jetzt«, sagte Herr Ruhne und legte Flax eine Hand auf die Schulter, »begraben wir Zipp, und danach gehen wir etwas essen. Ich habe nämlich Hunger.«

Flax nickte, hob ihn vorsichtig auf und brachte ihn an einem Ort, wo er wieder zu Erde werden würde.

Am Nachmittag nahm Herr Ruhne Flax bei der Hand. »Komm, wir wollen in den Ort gehen. Ich will dir zeigen, was die Menschen alles gemacht haben.«

Sie gingen in ein Museum, und als er all die Bilder an den Wänden, die Skulpturen in den Gängen sah, und als er die Musik hörte, die an diesem Tag eine Band im Museumscafé spielte, spürte er, wie sein Körper ein ums andere Mal von Gänsehaut überzogen wurde.

»Der Mensch wird immer wieder versuchen, das, was er vorgefunden hat, umzugestalten und anders zu machen«, sagte Herr Ruhne.

»Anders ist also etwas Gutes?«, fragte Flax?

»Sagen wir so: Stell dir vor, alle Blumen würden gleich riechen, alle Tiere hätten das gleiche Fell, ein Mensch wäre wie der andere.«

»Das wäre langweilig.«

»Das wäre nicht nur langweilig«, ergänzte Herr Ruhne, »das wäre furchtbar. Wir brauchen das Anderssein, um aneinander zu wachsen, um einen Grund zu haben, aufeinander zuzugehen, um uns zu entwickeln. Darum geht es im Leben, und auch in der Kultur wie du sie hier um uns herum erlebst.«

»In Flachland war ich auch anders, weil ich Fragen gestellt habe«, sagte Flax, »und das hat mir einen Haufen Probleme bereitet.«

»Das mag sein«, sagte Herr Ruhne. »Aber sieh dich an. Du hast dich entwickelt. Du hast eine neue Dimension gefunden. Du bist anders geworden.«

Flax dachte nach. »Sie haben recht, Herr Ruhne. Das ist etwas Gutes, anders sein. Fragen stellen, den Dux nicht fürchten zu müssen ... wobei, wer weiß, ob er nicht doch noch einmal zu uns kommt.«

»Wenn das passiert, werden wir einen Weg finden, damit umzugehen. Wir werden uns der Aufgabe stellen, und wir werden eine Lösung finden.«

KAPITEL 18

Die nächsten Tage verliefen zunächst einmal in Frieden. Herr Ruhne zeigte Flax immer neue Ecken und Enden von Raumland, er ließ ihn in Raumland ankommen.

Flax lernte, dass man aber auch in Raumland zweidimensional leben kann – wenn man nicht über den Raum hinaus nachdenkt. Wie sie solche Fragen besprachen, musste Flax immer wieder an Herrn Wiegele denken. Er hoffte, dass es ihm in Flachland gut ging. Zu gerne hätte er ihn besucht, aber er hatte Angst, dass seine Rückkehr nach Flachland ihm schaden könnte. Aber zurück konnte er ja ohnehin nicht mehr. Er würde diese neue Dimension nicht mehr aufgeben, so viel war klar. Er war anders geworden, und das fühlte sich richtig an.

Oft, vor dem Einschlafen, dachte Flax an den Vater. Herr Ruhne hatte versucht, ihm einen Brief zukommen zu lassen, hoffend, dass der Dux das nicht erfuhr. Mehr als hoffen, dass der Brief ihn erreichte und nicht abgefangen würde, konnte er nicht tun. Jeder Gang nach Flachland war ein großes Risiko geworden. Für den Vater, für alle, die Flax kannten. Bestimmt hatte der Dux längst alle seine Freunde verhören lassen – und wer etwas Falsches sagte, war womöglich sogar eingesperrt worden.

Eines Abends hörte Flax, als er schon im Bett lag, ein Geräusch. Er sprang auf und stürzte zum Fenster. Und tatsächlich: Da draußen bewegte sich etwas.

Mit einer Taschenlampe leuchtete er das Gelände vor der Tür ab – dann sah er es: Flachlandsoldaten verfolgten einen anderen Flachländer. Flax rannte die Treppe hinunter, um zu helfen. Der Lärm weckte auch Herrn Ruhne auf.

»Soldaten!«, rief Flax ihm zu, und Herr Ruhne holte sofort sein erprobtes Geheimmittel hervor, rannte in den Garten und zog mit dem Tapetenkleister eine Schutzlinie zwischen dem Verfolgten und den Flachlandsoldaten. Die blieben prompt an der

Barriere hängen. Herr Ruhne und Flax beobachteten zufrieden, wie sie sich nach und nach befreiten und den Rückzug antraten. Sie waren froh, sich nun um den Verfolgten kümmern zu können.

Es war – Herr Wiegele.

Sie brachten ihn ins Haus. Was war das für ein glückliches Wiedersehen, auch wenn es eine Weile dauerte, bis sie Herrn Wiegele zumindest andeutungsweise erklärt hatten, warum er Flax nun nicht mehr sehen konnte, und was die dritte Dimension war. Herr Wiegele berichtete seinerseits, was nach dem gescheiterten Feldzug in Flachland passiert war. Der Dux hatte eine öffentliche Ansprache auf allen Kanälen gehalten, in der er schrie, tobte, alle um ihn herum anklagte und alle für unfähig erklärte. Und er kündigte an, noch härter durchgreifen zu wollen, um das Reich, um Flachland final vor allen Endgegnern zu schützen.

Als er gerade zum Ende kommen wollte, wurde er verhaftet. Vier braunhaarige, schneidige Soldaten in schlichten, dunklen Uniformen mit einem roten Streifen am Ärmel ergriffen ihn und führten ihn ab.

Dann trat Drux ans Mikrofon. Er sagte, es sei nun nicht mehr möglich, Dux weiter zu folgen, der Führer sei wahnsinnig geworden. Und Flachland brauche auch keinen Herrscher und keinen Führer, denn die Menschen wüssten selbst am besten, was nötig sei, um sich eine gemeinsame Zukunft zu gestalten. Das wolle er nun gemeinsam mit dem Volk tun, als Erster unter Gleichen, als Kanzler aller Flachländer.

Dann steckte Drux den Dux ins Gefängnis, und sehr bald auch all jene Flachländer, die seiner Ansicht nach nicht verstanden hatten, wie genau denn die gemeinsame Zukunft aussehen würde, darunter auch Herrn Wiegele. Es wurden von Tag zu Tag immer mehr, die in den Internierungslagern landeten und dort verhört wurden. Wer dort nicht die richtigen Antworten gab, wie denn die gemeinsame Zukunft aussehen wollte, wurde bestraft. Und weil niemand wusste, was genau sie sagen sollten, wurden alle bestraft.

Drux bat seine geliebten, gleichen Mitbürger um Verständnis, dass sie nun nochmals höhere Steuern bezahlen müssten, auch wenn es ihm in der Seele wehtäte. Und ja, er wisse wohl, was er ihnen, den geliebten Mitbürgern, abverlange, aber das sei ja nur nötig, um das Land in eine gesunde, gleiche Zukunft in Wohlstand und Freiheit zu führen.

Binnen Wochen verwandelte Drux Flachland in ein Meer der Tränen, des Schmerzes, des Leids. Die Menschen dort wussten nicht mehr ein noch aus.

Vor wenigen Stunden war es Herrn Wiegele gelungen, zu fliehen. Eine einzige Unachtsamkeit seiner Wärter ermöglichte ihm diese eine Chance – er nutzte sie.

Nun also war er hier. Wobei Herr Wiegele Flax und Herrn Ruhe unmissverständlich klar machte, dass er nicht bleiben würde. »Du bist jung, Flax«, sagte er, »Du hast dein Leben vor dir – es ist gut und richtig, dass du in Raumland bleibst. Ich aber bin alt. Ich werde nicht schaffen, was du geschafft hast, lieber Flax. Ich werde die dritte Dimension nicht erreichen. Du warst jung, als du aufgewacht bist, als du die richtigen Fragen gestellt hast. Ich aber habe viel zu lange weggesehen. Ich aber werde zurückkehren. Ich bin zu euch gekommen, um mich von euch zu verabschieden. Und ich hoffe, dass ihr mir ein paar gute Ratschläge mit auf den Weg geben könnt, damit ich dieses Wissen einsetzen kann, um den unterdrückten Flachländern zu helfen.«

»Das darfst du nicht!«, rief Flax. »Man wird dich umbringen!«

»Ich nehme das Risiko an«, sagte Herr Wiegele. »Ich will den Flachländern zeigen, dass man sich erheben muss, dass es zu wenig ist, sich damit zufrieden zu geben, was einem gestattet wird.«

»Sich mit etwas zufrieden zu geben, ist nicht das, was uns ausmachen sollte«, sagte Herr Ruhne. »Wir sollten lernen wollen. Wir sollten uns entwickeln wollen. Wir sollten neugierig sein und offen für Neues. Wir sollten die Welt als das große Wunder wahrnehmen, als das wir sie als Kinder sehen konnten. Wir sollten verstehen, dass es gut ist, dass wir nicht alle gleich sind. Dass es nichts zu entdecken gäbe, wenn wir alle gleich wären, nichts zu staunen, nichts zu lachen.« So machte er eine Weile weiter, und Herr Wiegele war dankbar für diese Worte, die er so vom Dux niemals gehört hatte und auch von Drux niemals hören würde. »Sage deinen Mitbürgern, dass das Andere gut ist«, empfahl Herr Ruhne. »Lasst euch nicht einreden, dass ein Brauner besser ist als ein Roter oder ein Blonder besser als ein Schwarzer oder umgekehrt. Stellt euch vor, alle Blumen würden gleich riechen, alles Essen und alle Getränke gleich schmecken. Es ist die Vielfalt, die uns ausmacht. Kein Kind würde auf die Idee kommen, dass schwarz besser ist als grün oder braun besser als lila. Es ist die Gesellschaft, die solche Gedanken setzt, und diese Gedanken sind falsch. Anders ist ein gutes Wort.«

Die halbe Nacht redeten sie, und nach ein paar kurzen Stunden des Schlafs redeten sie noch einen ganzen Tag. Nach einer erholsamen Nacht war dann die Zeit zum Abschied gekommen. Es wurde ein trauriger Abschied.

Flax und Herr Ruhne geleiteten Herrn Wiegele an den Rand des Grenzfeldes zurück. Dann sagten sie einander Lebewohl, und Herr Wiegele kehrte nach Flachland zurück.

Es gelang ihm, den Vater von Flax zu treffen und ihm vom neuen Leben seines Sohnes zu berichten. Den Brief hatte er zum Glück bekommen, der hatte ihm seine Sorgen genommen. Flax' Vater half Herrn Wiegele, sich zu verstecken und den guten Leuten von Flachland Mut zuzusprechen.

Das blieb nicht ohne Folgen. Die Botschaften vom Anderssein verbreiteten sich wie ein Lauffeuer, und nach einer Weile waren die Flachländer nicht länger bereit, sich die Unterdrückung durch Drux, der sich zwar Kanzler nannte, aber nichts anderes als ein noch grausamer, noch ausbeuterischer Herrscher war, gefallen zu lassen. Es dauerte eine ganze Weile, aber schließlich nahmen die Flachländer ihren Mut zusammen, und es kam zur Revolution.

Auch die Soldaten wollten Drux nicht länger dienen – so landete er in derselben Zelle wie Dux.

Nachfolger als Herrscher des Landes wurde – Ihr werdet es nicht glauben – der frühere Lehrer von Flax, der zwar einseitig, aber zumindest nicht so bösartig wie seine Vorgänger war. Und Herr Wiegele wurde sein Kulturminister.

Der Lehrer, der sich nun Dax nannte, führte eine einigermaßen erträgliche Herrschaft. Und wenn er versuchte, alles noch berechenbarer zu machen, war Herr Wiegele da, um ihn ein wenig einzubremsen. Die Flachländer behielten ihre Namen und wurden nicht zu Nummern.

Aber auch Herr Wiegele konnte nicht verhindern, dass im Geografieunterricht weiterhin nur Flächen berechnet wurden. Und im Musikunterricht sangen die Kinder weiterhin wenig, weil sie dauernd Notenwerte berechnen mussten. Der Sportunterricht bestand hauptsächlich in der Berechnung von Spielflächen und im Sprachunterricht wurden Buchstaben und Silben gezählt. Im Zeichenunterricht durften nur Vierecke, Dreiecke und Kreise gezeichnet werden.

Kein Wunder, dass die Schüler wenig zu lachen hatten und dass der Wunsch in ihnen wuchs, mehr über die Welt zu erfahren.

Kulturminister Wiegele sorgte immerhin dafür, dass die Schülerinnen und Schüler ab und an heimlich, wenn der Herrscher Dax gerade über seinen Zahlenkolonnen brütete, im Grenzfeld mit Flax zusammentrafen. Der erzählte ihnen dann davon, dass es da noch etwas anderes gab als Flächen, Längen und Breiten. Aber das reichte nicht.

Flax spürte das auch.

KAPITEL 19

Eines Tages glaubte Flax, dass die Zeit gekommen war, den Schülern die dritte Dimension in Raumland zu erklären. Aber die Flachländer glaubten ihm nicht. »Jetzt bist du übergeschnappt, Flax!«, riefen sie.

»Aber fragt ihr euch nicht, warum ihr mich nicht sehen könnt?«, hielt Flax dagegen.

»Wir werden dein Versteck schon noch finden!«, entgegneten sie. Und Flax spürte, dass die Flachländer doch noch nicht so weit waren, aus ihrem zweidimensionalen, eingeengten Denken auszubrechen. Die Kinder drehten sich um und ließen Flax stehen.

Nur einer drehte sich noch ein paar Mal um. Er hieß Flux. Er glaubte Flax, und er beschloss, dass er irgendwann, wenn er größer war, einmal eine Reise nach Raumland unternehmen würde.

Aber das ist schon wieder eine ganz andere Geschichte.